三日月

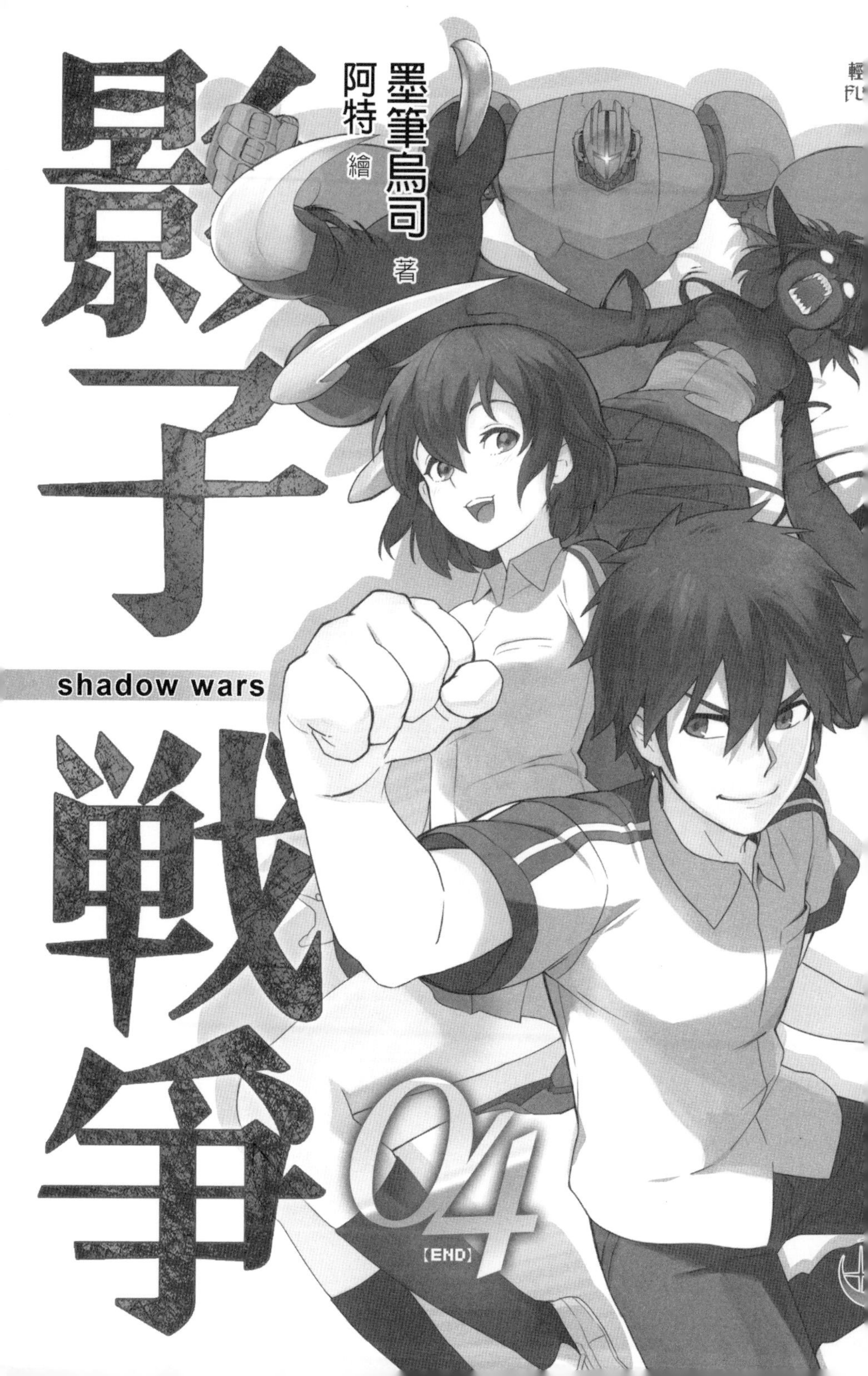
影子戰爭
shadow wars
墨筆烏司 著
阿特 繪
04
【END】

影子戰爭

shadow wars

CONTENTS

NO.07

影子戰爭

人物設定

季禘明

年齡：16歲		**身高**：159cm	
體重：47kg		**配件**：鏡片極厚的細框眼鏡	

其他：乍看對誰都是不理不睬，其實教養良好，個性溫柔而且愛哭，是個品學兼優的好女孩。

小學時與守人是青梅竹馬，但在升上國中前兩人分離，上高中後與守人重逢。中學時能力覺醒並傷害了父母，在趙玄罌和劉懷澈的協助下勉強控制住能力，從此之後就開始與人群變得疏離，視趙玄罌為唯一的家人。

附身型影子使者。基本型態是右手特異巨大的人形，全身覆蓋黑影，擁有怪力和超越人體極限的速度，完全型是近乎野獸的狂暴化狀態。

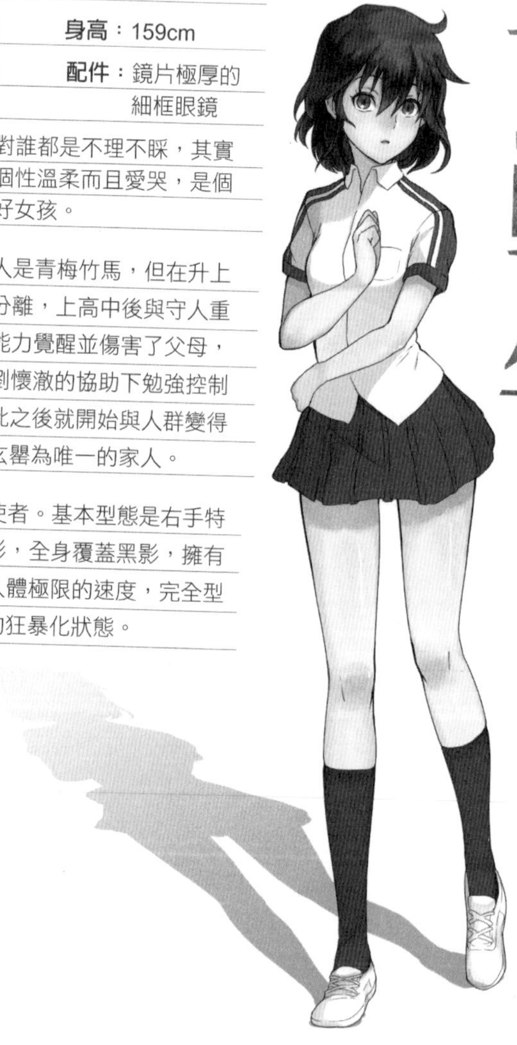

入來院 宗介

年齡：23歲　**身高**：167cm

體重：55kg　**配件**：竹傘

其他：入來院家之長子，是個白化症患者，白髮赭瞳，五官線條銳利，習慣穿著維新時期的和洋合璧式打扮。精通居合劍術、合氣柔術，但是體力僅能維持三分鐘左右的全力戰鬥，而皮膚在戰鬥時會泛紅，眼白亦會充血。

能力是具現型和能量型的兩把日本刀，分別為破形劍及絕影劍。破形劍具有只能斬斷一切現世物體的效果，絕影劍則恰恰相反，只能斬破所有影子的效果。

NO.08

NO.09

入來院 撫子

年齡：15歲　　**身高**：152cm

體重：35kg

其他：入來院家之長女，外表猶如瓷娃娃般美麗纖細，是個心思細膩的人。在外人面前非常獨立，抖S，但在喜歡的人面前就非常愛撒嬌。

能量型影子使者，能夠操縱影子鎖鍊束縛一定空間內的使者能力，但是束縛力會隨著被束縛者總數的增加和不穩的精神狀態下降，以一對一來說幾乎沒有對手。能力的覺醒與兄長入來院宗介有相當大的關係。

ch1.

殺戮與矛盾

「在下，名叫入來院宗介。」

出現在我面前的男子以謙彬有禮的語氣說道。

捂住頸上的傷口，我定睛注視面前那上身穿著和服，腳下卻踩著長靴的男人。即使刀已入鞘，那冷冽的異物感仍然盤踞在脖子上，血持續從指縫間滲出。

「唉，還是讓他給逃走了。」他微微地皺眉，筆直且毫無猶豫地轉移視線，不再直視逐漸淡去的霧影，而將注意力放到我身上。

周圍的霧似乎隨著那使者的離去而變淡許多，但景物的表面依然覆蓋一層朦朧的薄膜。

入來院宗介？

我聽過這個名字。

方才堵住我們的去路，和茉妮卡交談的女孩子確實提起過。

所以這個人也認識茉妮卡嗎？我繃緊身體，全神貫注，警戒著他的一舉一動。

他維持笑容，動作輕緩地朝我逼近。蒼白細瘦的手腕離開刀柄，看起來沒有要發動攻擊的樣子，身上所發出的氣魄卻壓倒性地懾人。

「不小心傷了您，實在非常抱歉。」他微微頷首。

「……」

我不知該如何回應他的道歉。

不小心？在如此濃烈的霧中用武士刀揮向他人的脖子，是可以用一句不小心就解決的事情嗎？雖然刀刃只是輕輕劃破我的皮膚，假使沒有那隨之而來的刺擊的話，或許力道可以控制在讓我不會受傷的程度。話又說回來，拿著刀在霧中向人揮擊也不像是正常人會做的事，再怎麼樣也不能隨便亂揮武士刀。

這當然不是亂揮其他武器就沒問題的意思。

在那瞬間我所感受到的殺意實在過於真切，似乎一不小心我的頭就會掉下來。

這個人確實抱持著即使殺了人也無所謂的意志揮出那一刀才對，他是在最後一刻壓抑了殺人的念頭嗎？我無法理解為什麼現在他還能夠從容地站在我面前，說著無關緊要的話語。

「在這樣的夜晚散步？」

「……是啊。」

「在下也是。」

「隨身帶著刀子……散步？」我忍不住指向他手上的日本刀。

他淡然一笑，手上那把嫣紅的日本刀顏色逐漸變深，最後化成一抹黑影快速地溜入衣袖皺褶的陰影部分。果然，這個人也是使者。我盡量不去思考茉妮卡到底曾經在別的地方招惹過多少人，眼下他似乎並不打算戰鬥，我必須盡可能保持冷靜。

「可以請教您一個問題嗎？」

「……什麼事？」

「您在找剛才襲擊您的人嗎？」

「……」完全被看穿了？

「為什麼要找他呢？」

「唔……你難道不知道他做了些什麼事嗎？」

脖子上的傷口傳來抽痛感，說話時便沿著肌肉逐漸麻痺。

「在下知道這件事，昨夜才親口聽本人說過。」

「……本人？」

「是的，在下已經和那個人接觸過了，因為是同類嘛，或者應該說是個人的偏好呢？」入來院宗介停頓一下，繼續說道：「在下很好奇您想阻止他的原因，要是不介意的話，不妨告知在下？」

「那不是理所當然的事情嗎？他可是在殺人啊！」

「理所當然？」他呵呵輕笑道：「這個世界隨時隨地都存在著殺戮啊，為什麼您偏偏就選擇阻止他呢？」

「保護自己身邊的人根本不需要理由吧。」

「原來如此，我可以理解成您的目的是為了保護自己親近的人，而不是因為他四處殺人嗎？」

「你的說法太奇怪了，這兩件事又沒有互斥。」

「可是，從您的語氣聽來，假使這個異常殺人者不存在於這座城市內的話，您就會視若無睹，袖手旁觀了。」

「是又怎麼樣。」

「不怎麼樣，只是在下認為很沒有道理。像您這樣的人，如果擁有足夠力量的話，無論事情在哪裡發生，應該多多少少都會有著企圖阻止犯罪者的衝動才對。抱持著正義感去發揮自己的能力，豈非人之常情？」

我咬咬牙，按捺下心中的不滿，為什麼我要被他教訓，和他進行如此荒謬的對話呢？我瞪著這傢伙的臉，他的表情不存在戲謔，雖然語氣輕鬆，卻沒有絲毫的玩笑。

頸子已經完全僵掉，輕輕一動肌肉就會傳來奇怪的聲響，好熱，而且傷口的血依然沒止住，還在持續向下流動。

「我沒時間繼續陪你聊天。」我轉身準備離開，與其跟這人瞎扯還不如先回去包紮傷口。

「請稍等。」入來院宗介笑盈盈地開口。

我不耐煩地回頭。

他將手探入衣襟後的襯衫口袋，取出一幀相紙。

「請問，您曾經見過這個女孩子嗎？」他朝我走近了些，讓我能夠看清楚照片上的影像。他的眼中閃著魔性的紅光，是我的錯覺嗎？不，他的瞳孔確實是鮮紅的血色。

我瞄了一眼照片，是一名穿著和服的女孩獨照，直到我整體掃過之後才發現那是剛才突然堵住去路的女孩。和本人比起來，照片上的樣子看起來更加年幼，而且面容更是如同人偶般毫無生氣。

我皺了皺眉，不想說謊卻又不想和這人繼續牽扯下去。

入來院似乎洞察了我的思緒，微笑著將照片收回口袋。

「這是舍妹，在下正在尋找她。看來至少方向是沒有錯的，舍妹確實待在附近。」

「這麼說……你不是來找茉妮卡的嗎？」

入來院輕緩地擺了擺頭。

「雖然在下十分希望能多和雪菲爾小姐相處，可惜她本人沒有意願。」

不知為何，我暗自鬆了口氣。

「剛才那女孩來找過茉妮卡，還派人攻擊我們。如果不是這陣霧的關係，我還不一定能脫得了身。」

「……派人攻擊？那人是位老者嗎？」

「不，是個奇怪的外國人。」我突然想起日本也是外國，只好又改口解釋：「是個白人男子。」

「嗯？跟在下得到的情報有些出入。能不能……」入來院轉轉眼珠，表情陷入迷惑。

他再度開口的瞬間，我聽見頭頂方向傳來銳利破空聲。入來院的反應比我敏銳許多，略微仰首確認了某個「物體」之後，隨即向後方彈腿躍出。

一團黑影自天空轟然而降，爪的尖端刨開厚實的柏油路面。

小明俐落地屈身落地，同時間將嵌入硬土的巨大右爪抽離，在路面上留下四道深刻的痕跡。

入來院再度召出緋紅的刀體，刀沒離鞘，僅是壓低身體維持著拔刀的預備姿態。由於拉開了距離，他的面孔再度變得模糊不清。

我愕然地望著小明的後腦勺，纏繞在她身旁、毛髮般的細影彷佛暈染怒氣，冉冉捲曲扭動，她的右腕肌肉誇張地鼓脹，經絡突出，撐起黑色的皮層，在表面上縱橫交錯地佈散。

「如此對待素未謀面之人，是不是有些失禮？」入來院宗介揮動袖襬，他瞠圓雙眼，用驚異的語調問道。

雖然說得很有道理，不過我總覺得他沒資格這麼說人就是。

明明自己才剛向我的頸間揮刀抹來。

「小明，別這樣，他沒有敵意。」我輕輕按上小明的肩膀，卻被她不快地掙脫。

「嘿……」入來院發出一聲奇妙的讚嘆，瞇細眼睛觀察著小明的右手。「在下確實沒有與你們為敵的意思。如果可以的話，不知您是否能夠幫在下最後一個忙呢?在下想知道您最後見到舍妹的地方是在哪個方向。」

於是我隨手指了個大略的方向，正確與否連我自己都沒什麼把握。

入來院宗介沒有道謝，而是雙手握住刀柄，放鬆地在身前垂下，然後躬身彎腰。他漸漸後退，靴底摩擦柏油路面的聲響隱隱傳來，隨即轉身奔行。

小明沉重的呼吸聲從前方傳來，右爪在入來院離去之後解除緊繃的狀態，手臂收縮，驟然回復成原來的粗細，但攀附在上面的黑影和爪尚未褪去。

她動也不動地盯住入來院退走的方向。

正打算再次觸摸小明肩膀的時候，我的右頰立刻啪地挨了一巴掌。

隨著揮出的左掌轉身，小明滿臉通紅地瞪視著我。我明顯地感受到她的怒意，那是純粹而毫無掩飾的憤怒。我的臉頰熱辣辣的，頓時失去其他知覺，殘留在上頭的只剩強烈的刺痛。

她的眼角在霧氣中反射光線，淚水彷彿隨時都會滴落下來似的噙在眼眶邊緣。

手掌被已然乾涸的血厚厚包裹，此刻已經沒辦法離開頸子的傷口去捂臉了。我呆滯地撇開視線，避免與小明的目光接觸。

「……你到底在想什麼?」小明忿忿地說。

「我只是……」我想開口為自己辯解卻根本無法繼續說下去。我垂下視線，連一句話也說不出口。

現在她的臉上浮現出的是什麼樣的表情?

我連抬頭偷看的勇氣也喪失了。

小明的腳尖在我的注視下移動，她走過我身邊，沉默地朝月樓的方向踱去。我只能窩囊地跟在她身後，隨著她的腳步前進。

薄膜般的霧氣逐漸退散，周圍街道的光景重新變得鮮明，看起來頓時覺得有些炫目，路燈和住家的燈光交織，構築成令人熟悉的街景。我緊張地想開口說些話來化解凝重的氣氛，卻想不出任何適當的開場白，還是只能回到尷尬的起因上。

「妳……是怎麼找到我的？」

「聲音，」小明毫無遲疑地回答：「我聽得見，你和那人說話的聲音。」

「原來是這樣……我還以為……」

「以為什麼？」

「沒什麼。」我還以為是茉妮卡搞的鬼。

「別太鬆懈，操縱霧的使者可能只是暫時解除能力而已，說不定還在附近伺機行動。」

小明說的確實沒錯，我完全沒考慮到這點就鬆懈下來。她的右手雖然縮小變回原來的尺寸，卻依舊維持著獸的型態，一對獸耳在她的頭髮上靈巧地顫動。

「你的脖子受傷了。」

「嗯。」

「是被那人割傷的嗎？」

「是被他割傷的沒錯，不過他是為了幫我擋住攻擊才這麼做的。」

「擋住……攻擊？」小明突然轉過身來凝視著我。

「……那個使者，我被他襲擊了。」

小明深深地倒抽口氣。

「到底是怎麼回事？」

佇立在夜間的街道，我將剛才發生的事情簡單地講述一次。

「你知道嗎，」她緊抿雙唇，安靜地聽我講完話之後幽幽地開口：「當初我阻止玄罌哥讓你加入宵影就是害怕會發生這種事。果然，事情還是這樣發展了。」

「我當然明白啊。」

「那你為什麼要刻意做這種事呢？」

「我只是……只是氣不過李彥丞那傢伙。」我撇過頭，看著路旁的燈影。

「……真不像你。」她愣了一下，然後淡淡地笑了出來。

「又哪裡不像我了？」

「或許是以前的你給我的印象吧，總覺得守人你……不是那麼容易被激的類型呢。」

我有些不安地四處張望，仔細一想，或許就如入來院宗介所說的，我只是想藉著逮住殺手的行動來證明自己有保護他人的能力罷了。

「答應我一件事好嗎？」小明說：「別再擅自行動了。」

「我知道。」

「我不是問你知不知道。」

「……我答應妳。」

她朝我伸出左手小指，讓我又想起以前的事情。我頓時有些不知所措，只能愣愣地和她勾了勾手指。

「那個、我說啊。」

「嗯？」

「我們都已經高二了，不用再像小時候那樣勾手指了吧。」

她抽開手指，輕哼了一聲，沿著街道走回月樓。

抵達月樓的時候，茉妮卡一如既往地熱烈歡迎我們的歸來，趙玄罌坐在吧檯後方，表情要說是生氣感覺又沒那麼強烈。在我進門的時候，他略帶深意地朝我的方向瞟來一眼。

「啊！守人你的脖子怎麼了？」茉妮卡看見我捂住傷口以及手掌上的血漬，用十分誇張的語氣大叫。

「沒什麼啦，只是被刀子割傷了。」我移動按住傷口的手，雖然血已經止住了，但有種皮肉似乎隨時會翻起來的感覺。

「讓我看看。」趙玄罌繞過吧檯，走到身旁觀察我的傷勢，靜默了數秒鐘之後開口問道：「這個傷口……應該不是被那使者刺傷的吧。」

我反射性地輕輕搖頭，傷口立刻傳來一陣抽痛。

「入來院宗介。」我說。聽見這個名字的時候茉妮卡抖了好大一下，好像聽見什麼凶神惡煞的名號似地當場愣住。

「是、是是……是他弄傷你的？」茉妮卡結結巴巴地說。

「我也不清楚到底為什麼，不過他是為了保護我才這麼做的，如果不是他用刀背擋住那殺手的刺擊……」

等等。

如果不是他擋住刺擊……？

——夸特恩？

我在心底叫喚夸特恩的名字，它卻完全沒有回應，不只是現在，就連剛才那麼危急的狀況它也沒有出現。

實在是太過巧合了，讓我不禁懷疑是夸特恩暗中運作能力的結果。

小明拿了濕毛巾過來，我放下捂住傷口的手，趙玄罌仔細地替我擦拭過傷口周圍，之後讓我把手上的血漬洗乾淨。

「最好去懷澈的診所讓她檢查看看，傷口雖然不深，但劃得太長，說不定需要做縫合。還是讓她處理過比較保險。」為我清除傷口周圍凝結的黑血之後，趙玄罌說：「茉妮卡，我送妳回去。守人，去過診所之後請立刻回家，懂嗎？」

「……那個殺手就不管了嗎？」我問。

「當然不可能不管，只是沒必要讓你們也摻和進去，否則我也不用找子團他們過來了。你記住，上回讓你戰鬥是逼不得已，如果你還想繼續現在的生活的話就不要硬是逞強，那樣對你一點好處也沒有。」他的語氣突然變得異常嚴厲。

「你的意思是……要我袖手旁觀？」

「對，我就是這個意思。」趙玄罌的態度有別以往的溫和，他推正眼鏡，同樣對小明說道：「禘明，這點妳也是一樣。」

「知道了……」她怯怯地站在一旁，垂下眼睫，低聲囁嚅著。

小明目送我們離開月樓，鎖上門後，趙玄罌領著茉妮卡和我走到外頭。劉懷澈的診所和茉妮卡住的公寓之間有一小段共同路程，於是我便和他們一起同行。

趙玄罌的腳步難得快速，一改平時的悠閒步調，直到月樓消失在轉角之後，他才突然慢下腳步，他向我轉過頭來，表情變成慣常的苦笑。

「真是抱歉，在締明面前我不得不表現得凶一點。」

我不解地回視。

「締明從一開始就反對讓你涉入這邊的世界，以我的立場，當然不認為這對你來說是公平的，守人你也有自己抉擇的權利，不需要依循別人的意志。」他對我眨眨左眼，搭上我的肩膀繼續前進。

「締明有締明的想法，而你也有自己的想法，或許對你們雙方而言都不希望看到彼此深陷險境吧。」他繼續說：「在這件事情上我還可以拜託翁子園他們來幫忙，萬一某天你們自己遇上了敵人又該怎麼辦呢？」

「是呀。」茉妮卡從旁答腔，不過她還真好意思。

「所以，你也認為我應該學習如何戰鬥嗎？」

「不是我認為，而是你自己怎麼認為。你和締明所擁有的力量都很強，若是能夠學得正確發揮自身力量的技巧，對你們來說當然有所助益，不過……這也代表你們的處境會變得更加危險。」

「但是……像這次的事件，不就是一次能夠運用自己能力的機會嗎？」

「沒錯，所以你必須仔細地思考。」

我沉默不語。

「這是一種兩難，沒有絕對的對與錯。世界上存在著正確運用力量的人，存在著錯誤運用力量的人，也存在著選擇不去運用力量的人。就算不是使者，這命題也不會改變。」

他停下腳步，站在錯開的十字路口上對我微笑。

「那我們就在這邊說再見囉，你應該知道診所的方向吧。」

「嗯，我自己過去就行了。」

茉妮卡笑吟吟地向我揮揮手，和趙玄嚳朝著公寓的方向離去，我則獨自朝向診所移動。

我思考著趙玄嚳話中的涵義，雖然他在小明面前擺出一副斥責我的樣子，但私底下又支持我的行動，或者應該說認同我憑藉自己的想法去行動，那麼，對於小明的反應就只是為了安撫她的情緒嗎？

小明所擁有的，又是什麼樣的力量呢？她又是怎麼想的？

劉懷澈的診所並不遠，不一會我就抵達門口。

玄關的玻璃門已經鎖上，窗戶黯淡無光，只有玻璃的另一頭透來冷冷的白色光線。該不會已經休息了吧？我在門口徘徊了好一段時間，心裡正猶豫著是不是應該直接回家的時候，門突然從內側被推開。劉懷澈醫生從門後探出頭，似乎正準備回家的樣子。她身上穿著簡單的襯衫和牛仔褲，鎖好門，揹著側背包神情凝重地張望四周後，目光立刻捕捉到待在門口附近晃來晃去的我。

「王守人？你怎麼會在這？」她滿臉訝異地問。「怎麼不出聲，會嚇到人喔。」

「我受了點傷，玄嚳哥叫我得過來讓妳看看才行。」我指了指自己頸子上的傷口。

劉醫生歪了歪頭，取出鑰匙重新打開診所的門。

「那就進來吧，外面太暗了。」

我跟在她後面進入診所，不知怎地，診所內部存在著和平常有些不同的氛圍，或許是因為那些護士們不在的關係？有輕微的消毒水味和藥物的味道稀釋在空氣中，失去人的擾動而變得凝滯。劉懷瀲打開電源，原本昏暗的走廊和診療室內部立刻亮了起來。

「讓我看看傷口。」她隨興地放下背包，指著一張圓椅讓我坐下，然後拉了張椅子和滿載包紮工具的金屬推車過來。她在坐下的同時蹺起腳，以十分流暢的動作打開推車上的藥水罐，然後打開照亮患部用的燈，光線溫熱地照向我的頸子。

我盡量歪開脖子讓她檢查上面的傷口，她微微皺眉。

「這是怎麼弄的？」她喃喃說著，動作俐落地以鑷子挾起棉花，沾了碘酒，仔細塗抹消毒過傷口周圍之後，手指快速地在我的脖子上抹了一下。

「好了，用不著縫傷口，我幫你貼上膠布固定就行了。」她邊說邊拿起一捲透氣膠帶，剪了適當的長度之後黏貼在我的傷口上頭。

「這是被刀子割傷的沒錯吧？難道說……」

我摸了摸脖子上的膠布，碘酒的微麻感和刺痛混在一起，沿著膠布擴散開來。

「哦？切口很漂亮呢，簡直像被手術刀劃開的一樣。」她語帶讚嘆地說。

「這是別人弄的。」

「是被日本刀割傷的。」

「日本刀？」她大惑不解。

「醫生妳現在才準備回家休息嗎？」

「是啊。這幾天晚上本來是打算不看診的，不過下午突然來了個病人，全部弄完就已經是這個時間了。」

「不怕遇上攔路殺人魔？」

「嗯？說不怕當然是騙人的，不過我想開車應該沒什麼問題才對。」

不愧是事業有成的職業女性，令人欽佩。

「我可以問醫生一個問題嗎？」

「當然可以啊。」她笑咪咪地回答，把工具整理好之後靈巧地旋轉椅子重新正對著我。

「醫生您認為事件的犯人，到底在想些什麼？」

劉醫生頭一傾，明明是有些可愛的動作看來卻十分高雅。

「啊，你是說從醫學上來分析嗎？嗯，在精神上肯定是有所缺陷的吧。針對女性精準地以刀子刺穿喉嚨，不留一絲痕跡。被害者之間沒有任何關聯性，犯案地點也逐漸擴展。要是被抓住了，或許也會以心理問題在法庭上作為辯護的手段吧。不過，為什麼你要問我這種問題呢？」

「我只是在想，所謂醫師這種職業，雖然最終目的不同，但本質上不都是要用刀子切開人體嗎。」

「你的說法有點失禮呢。」她挑了挑眉。

「抱、抱歉。」

「不過我無法否認就是了。醫生理解人體是為了救治他人，而同時醫生也最為了解人體的弱點。要是有心的話，醫師這個職業確實很適合下手殺人。」

「嗯……」

「我對於心理學沒有什麼研究，不過那個異常殺人者似乎是以刀子直接刺進咽喉而不是試圖劃開動脈。單純地從這點來看的話，犯人想要殺死目標的企圖確實是極端的強烈，但對於施加額外的痛苦卻沒有任何興趣，或許……我只是說或許，那個犯人是十分溫柔的人。」

「溫柔？」

這到底是什麼樣的溫柔方式呢？

「聽我說個故事吧。」

「咦？」

劉懷澈不理會我的疑惑，自顧自地說：

「從前從前——有個殘忍成性的盜賊，因為殺人不眨眼而惡名遠播，因此被官府通緝，還貼出了懸賞告示。某天，盜賊因為逃避追殺而受了重傷，好不容易才在荒山野嶺之地找到一處民家，卻因為負傷過重而昏了過去。民家內住著一位醫生。醫生在附近發現了倒下的盜賊，一看見盜賊的臉便認出他就是聲名狼藉的通緝犯，不過，本著醫者之心，他還是將半死不活的盜賊安頓在自己屋內。昏死過去的盜賊醒來之後，發現自己動彈不得，雖然傷口已經包紮，但身體也被捆了起來。那醫生問他是不是通緝犯，盜賊雖然試著辯解想蒙混過去，卻被醫生完全看穿。於是醫生對他說：『你身上的傷十分嚴重，如果再不進行治療你很快就會死了。』盜賊聞言便痛哭流涕，拚命請求醫生救他。『拜託，你應該不至於見死不救吧？』盜賊哀求。醫生搖搖頭對他說：『我如果救了你，你又會四處作惡行凶，反而會害死更多的人。』盜賊不斷苦苦哀求，發誓往後絕對不會再為非作歹。醫生考慮了一整夜，認為人之將死，其言也善……你聽過這句話嗎？」

「……《論語》？」

「沒錯。白話的意思就是人在彌留之際，會流露出真實的本性。最後那醫生決定動手醫治他，切掉腐爛的膿瘡、清理髒汙的創口，精心調理藥膏和湯藥，好不容易才將那盜賊救活過來。」

劉醫生溫和地微笑。

「我經常想，如果是我的話，會去救這個盜賊嗎？」

「會救嗎？」

「我想我還是會救他，所以我才會開這家診所。不管是誰，只要到這家診所來我都會盡我所能地醫治他。」

「……就算是殺人魔也一樣嗎？」

「是的，只要送到這來的時候還沒死去，就算是惡魔我也會救他。我的工作就是進行治療，施行的對象則不是我的問題。」

「這就是醫生嗎？」

「這就是醫生啊。」劉醫生撥了撥鬢角，將頭髮順到耳後。

「即使……會造成更多無辜的人受害？」

「生在這世界上，沒有人是無辜的。」

生在這世界上沒有人是無辜的。

「很奇怪吧，明明是醫生卻有這種想法。」

「……不。」

我站起來，向她道謝。

「啊，應該給妳掛號費嗎？」我掏了掏口袋，發現根本沒帶錢包出來。

「算了啦，只不過是小傷而已。」她說：「雖然你們做的事情本來就很危險，但我還是想請你們盡量珍惜自己的身體，像玄罌斷了一隻手我還能勉強用能力生成接續，不過要是頭斷掉就會直接沒命了，我可不是富蘭克斯坦喔。」她半開玩笑地說。

結束診療，她拿起背包和我一起離開診療室，重新關上室內燈之後，鎖上診所大門。沒有影霧覆蓋的夜空閃爍著微弱的光，謐靜的街道此刻杳無人煙。

劉懷澈站在我身旁，發出十分慵懶的聲音，拉高雙手伸了個懶腰。

「要我順便送你回家嗎？」她轉轉手中的車鑰匙。

「不，不用了。都已經耽誤妳這麼多時間。」

「是嗎？」她鼓起一邊腮幫子，露出有些俏皮的模樣，嗯，難道說是在裝可愛嗎？

「好吧，那你自己路上小心。」她說。

「對了，」在互相道別之後，我突然在意起那故事的後續。「那個盜賊和醫生，最後怎麼樣了？」

「噢，我都忘記說了。」劉懷澈撫著額頭。「最後那個醫生被盜賊殺了，那盜賊把醫生殺掉的時候只說了句：『對不起，我怕你會去通報官府。』就把醫生殺掉了。」

「啊……？」

「還有那句——人之將死，其言也善——原本的涵義只不過是曾子為了讓孟敬子能夠體會自己的心意才說出來的，並不是每個人臨死之前都會說出真話的意思。」

總覺得被耍著玩。

我皺起眉頭，對劉懷澈問道：「醫生剛剛說的那些話也是開玩笑的嗎？」

「不是喔，我是很認真的。」

實在搞不懂。

劉懷澈雙手扠在胸前，「真的不用送你回去嗎？」

「真的不用。還有，其實那是狼與鷺鷥的故事吧。」

「啊，被你看穿啦。」她吐吐舌。「不過狼最後沒把鷺鷥吃掉呢，吃掉才是真正的惡人吧，嘻嘻。」她戲謔地笑出來。

真是惡質。

「路上小心。」

「再見。」

在暗處看著劉懷澈上車之後，我才安心離開。我沒有再繞回月樓，而是沿著會經過學校的路線獨自行走。

夜晚的學校理所當然地空無一人，只有駐校的校警還待在門口的警備室裡值夜班。我從旁溜過，在無人的街道上又走了十分鐘之後才到家。

「回來啦！」

替我開門的時候，總覺得暮綾姊似乎鬆了口氣似的十分開心。她攬住我的肩膀把我拖進門內，眼尖地發現我脖子上的肉色膠布後，表情變得僵凝。

「等等，你的脖子怎麼了？」她緊張地問。

「被茉妮卡抓傷了。」我隨口撒了個漫天大謊。

「……呃？」

她用大拇指稍微摳弄我的鎖骨上緣，歪開我的脖子，用審視的眼光仔細地看了一下貼在上頭的肉色膠帶。

「……那就好，」她說：「不過你也去得太久了一點吧？我很擔心耶。」
「會擔心就不要勉強叫人這麼做啦！」
「哈哈哈，好啦，我繼續工作了。」她摸摸我的頭，回到沙發上，繼續與CAD程式拚搏。
將被弄亂的頭髮順回來之後，我回到自己的房間，悄然鎖上門，癱倒身子窩進床鋪。
暮綾姊什麼都還不知道。
真是太好了。
我滿心感激地想。

隔天早上，因為是假日，深陷夢中遲遲沒有醒來的我被一通電話給吵醒了。
起床之後，我睡眼惺忪地離開房間來到客廳。暮綾姊不在，客廳一如往常地被弄得亂七八糟，雖然桌面上堆滿紙張和零食被消滅之後殘餘的垃圾，但屬於暮綾姊私人的物品卻一件也沒有。
我朝暮綾姊的房門口瞥了一眼，似乎不在房間內睡覺，否則依照她的性格此時應該會破口大罵。鈴聲還在持續，我站在客廳對角側的位置上遙遙望著那只電話筒，不知道是否要接起來。
除了學校和必要的登記之外，這支電話的號碼並沒有外流出去，就算我和暮綾姊之間要互相聯絡也都是透過手機，如果不看手機內的電話簿的話我可能連號碼也想不起來。因此，這支電話平日幾乎不會響起，我猜，大概是市場民調或是不知用什麼樣的手法得到電話的補習班，才會在這樣的假日打電話來擾人清夢。

震耳欲聾的鈴響迴盪在客廳內絲毫沒有休止的意思，要是不舉起話筒似乎就會永無止境地響下去。

明明我應該是不會接的才對。

當我回過神的時候，已經將話筒給拿了起來，惱人的鈴聲戛然而止，取而代之的是話筒中傳出的嗓音。

「——喂？」

「請問哪裡找？」我怔怔地將話筒靠上耳朵。

「請問……王守人同學在家嗎？」是個有些模糊的低沉男子嗓音。

「我就是。」

「抱歉，這時候打電話給你。」他的聲音感覺距離很遠，就像是隔著話筒在跟另一個話筒中的人交談，又或者說是被……例如口罩之類的東西蓋住嘴巴，總而言之，聲音變得很奇怪。

「唔……你找我有什麼事情嗎？」

「啊，你旁邊有其他人在嗎？」

「沒有。」

「好的，那麼我就開門見山地說吧。」

「嗯？」是我認識的人嗎？我總覺得他的聲音似乎在什麼地方聽過，有種似曾相識的、聽覺上的既視感。

「——我就是攔路殺人魔。」他用十分緩慢的速度說完這句話。

我當下陷入啞然，頸間的傷口似乎被他的話語牽引著，此時又開始隱隱作痛。我詫異地將話筒遠離耳朵，手掌緊握著話筒，塑料製的外殼被我捏得略微變形，接合的溝紋彼此脫開，露出黑色的縫隙。

「……」

我無言地瞪著話筒，呼吸開始變得急促，隨著心搏數的上升越來越快。

「你還沒掛斷對吧？我還能聽見你的喘氣聲。」

「……你在開玩笑嗎？是惡作劇電話？」

「這並非惡作劇，也不是在開玩笑，我確實就是你所認識的那個殺人魔。」

「突然說這種話，你有什麼證據證明你就是殺人魔嗎？」

「證據啊……對了，你的脖子應該沒事吧？」

心臟的脈動好像瞬間停了一拍，我下意識伸手摸了摸那片黏貼在傷口處的透氣膠帶。

「現在可以證實，我的確就是襲擊你的人了嗎？」他從容地問。

他說的沒錯，撇去攻擊者本身不談，知道這件事情的只有……首先是入來院宗介，再來是小明，接著是趙玄嚳和茉妮卡、劉懷澈醫生和暮綾姊，更別說暮綾姊根本是被我哄騙過去的，趙玄嚳也不至於開這種無聊的玩笑。

「……你到底是誰？」

「關於這件事就沒有辦法告訴你了，坦白地說出來的話我的處境也會變得很糟，所以很抱歉，實在不能透露。」

「那你又是怎麼知道我家的電話號碼？」我慍怒地低吼。

「這個嘛……我還是不能說，很抱歉。」

「……你到底有什麼能說的？」

「口氣別那麼衝，王守人。我有些事情想跟你商量，所以才打電話給你。」

「我跟你之間有什麼好商量的？」

「沒什麼事情是不能商量的。」

如果他不是那個殺人魔，我真想立刻掛斷電話。不過說實在，就算被攻擊那一部分是我自找的，我也沒必要跟一個莫名其妙打電話來家裡而且昨夜還企圖殺死我的人作電話會談，更何況他還是個遭到通緝中的殺人魔！

「要商量你不會去跟警察商量，我跟你有什麼好說的！」

「雖然從立場上來說，不管是警察還是你們跟我都是彼此對立的，但法律可不會跟我商量啊。與其與整個社會對抗，不如跟你們做些檯面下的交易還比較有成功的機會呢。」

「檯面下的交易？」

「是啊。」

「那你打電話給我做什麼呢？這件事又不是我說了算。」

「嗯……基於某種緣由，現在我能聯繫的只有你了，王守人。」

「……」

「我想，你和那些想要逮住我的人應該是同夥的？不過這也只是我的推測而已。我必須坦白地說，你們是不可能在那片霧中抓住我的，對於這點我還算有自信。」

「……所以呢？」

「所以說，既然你們也逮不住我，何不睜一隻眼閉一隻眼放我一馬呢？對大家來說都比較不麻煩不是嗎？」

「你到底在鬼扯些什麼！你以為我有可能同意這種事情嗎！始作俑者的你才應該對這件事負起責任才對吧，到底為什麼要毫無理由地殺人呢？」

「毫無理由地殺人……原來在你們眼中我是毫無理由的啊。」

「難道不是嗎？隨性地在大街上殺死不特定的女性，除了心理變態或是瘋子之外有人會做出這樣噁心的事情嗎？」

「……你說的確實沒錯，我的確是個噁心得不得了的人渣。」

「有自覺的話就應該去自首啊。」

「不行啊，我做不到。」

「為什麼做不到？」

「欸，現在自首的話，我會被判死刑。我現在還不想死呢。被警察抓住的話我可就死路一條囉，被你們抓住的話我應該也會死掉吧？你的同夥也相當可怕呢，單論危險程度根本就不在我之下。」

「……就算如此，可不是每個人都會像你這樣為非作歹。」

「說得沒錯，到頭來我也只是一個精神上有缺陷的人。」

「既然你自己都知道那種行為是有問題的，為什麼還要濫殺無辜呢？」

「嗯——姑且讓我問個問題吧，王守人。」

「……什麼問題。」

「你曾經想過要殺死某人嗎？」他再度以非常清晰的語調，緩慢地開口。

我啞口無言，思緒被這個問題干擾，腦海中頓時變得一片空白。

對大部分的人來說，應該多多少少都曾經想過如果某人不存在的話就好了吧？這應該是人之常情。但是一般人通常不會下手殺人，那只是僅限於想像中，非現實的意念。就算失去法律的束縛，我想應該也不至於能夠輕易地做出這種事情。

不過，我曾經有過這樣的念頭。

而且也幾乎動手實行了。

如果因摩陀的身體不是無法死去的怪物而是普通人的軀體的話，我對他所做的行為毫無疑問地已經將他殺死數回。

「……有。」

「喔……你還真是坦白吶，一般人大多不太願意承認這種事情。」

「有又怎麼樣，你是想用這樣的說辭來合理化自己的行為嗎？」

「不是的，我並沒有藉由心理上的缺陷來合理化自己偏差行徑的意思。」

他陷入短暫的沉默，像是在重新整理自己的思緒。

「你不妨這樣想吧。」他重新開口：「假設存在著一個你非常想要殺死他的人，但你又基於某種原因而無法下手殺他，那麼你會怎麼做呢？」

「……我不想回答這種沒有意義的問題。」

「那我就只好以我的立場來回答你，你應該不會介意吧？」

我沒有回應他，而是靜靜等待他再度開口。老實說，我心裡也十分好奇，這些人的內心到底在想些什麼呢？我好奇得不得了。俗話說好奇心會殺死貓，果然有幾分道理。

「我就開始說明了，或許你會覺得只是自我辯解，但也無所謂，畢竟我的所作所為是錯誤示範。既然你有過殺人的念頭，或許能夠理解我才對。和一般人的狀況不同，我所想殺卻不能殺的是我的家人，而且殺意並非源自仇恨。先前也提過，我在精神上是有所異常的，我毫無緣由地想動手殺死自己最親愛的人。」

彷彿在等待我將他的話語完全聽懂，他稍微停頓了一會才繼續說下去。

吞嚥唾沫的聲音透過話筒傳遞過來。

「當然，那純粹是虛妄之言，沒有人會莫名其妙地殺死自己的父母親，大致上都存在著導火線，我自己當然也明白。不過，我還是無法抑制自己體內的那股衝動。衝動在我體內不斷擴大，就快要將我的理性完全吞沒。為了維持自己的理性，我不得不殺死那些人來緩和慾望。我別無選擇，我明白如果不這麼做的話，最終，我將會殺死自己的家人。雖然很對不起她們，但我還是沒辦法停止殺人。」

「……你的意思是說，你殺死無辜路人，只是因為你害怕自己會殺掉自己的家人？」

「是的。舉例來說，如果有人想殺死你的家人，你也會奮不顧身地去保護他們對吧？為此，你也可能會殺掉想危害家人性命的人。」

「那你自殺不就沒事了？除了你自己之外誰都不會受傷害。」

「哈哈哈……」

電話那頭的笑聲持續了好久，到最後，在我耳中聽來幾乎變成悲絕的慟哭。

「真對不起……我實在太失禮了，你說的確實沒錯，犧牲掉我自己的話就不會有那麼多無辜的受害者出現，但是，前面我已經說過了……我還不想死啊。」

「就因為那種自私的理由，寧可殺死那麼多人？」

「對，我就是如此自私，不行嗎？」

「輕易剝奪別人性命還有臉問我，你難道沒有反省的能力？」

「哼，」他冷冷地哧笑。「反正，我也不期待任何人能夠理解。」

「你到底想商量些什麼？」

「嗯，我好像跟你說得太多了，都忘了原先打電話給你的目的。」

「廢話少說！」

「別那麼激動。我要跟你商量的事情很簡單，我只是想請你們放我一馬，別再繼續追捕我。」

「……憑什麼？」

「因為那對你們沒有任何好處，只是白費工夫罷了。」

「你四處隨機殺人，就算沒有好處也必須抓住你才對不是嗎！」

「說的也是，所以說，接下來就是我的提議了。」

「提議？」

「是的，要是你們同意不再繼續追捕我的話，我願意讓你們列出一份名單，要是某天無意間遇見名單上的人，我會將他排除在外，乖乖撤退收手，然後轉移目標。如此一來你們應該也能夠安心吧？」

「……你在開什麼玩笑？」

「我沒有開玩笑。」他沙啞地說。

「你說決定改過自新不再繼續殺人也就算了，竟然說什麼列出名單讓我們安心？你把別人當成笨蛋嗎？」

「你這樣想的話我也很遺憾，但這是我所能做出的最大讓步了。」

「什麼讓步！你根本只是想依靠能力繼續橫行無阻地殺人而已不是嗎！」

「你說的也沒錯，我確實是做此打算。」

我閉上眼睛，試圖讓自己恢復冷靜，手中的話筒已經被我捏得幾近扭曲，發出嘎啦嘎啦的歪曲聲響，只要再加上幾分力外殼就會崩成碎片。經過幾次深呼吸之後我總算鎮定下來，但我不知道自己是否還能夠沉著地面對電話另一頭的人。

總而言之，必須得到繼續與他聯絡的機會。

「……知道了，我會給你名單。」

「啊，你果然是個通情達理的人。」他似乎鬆了一口氣，語調十分愉快。

「列出名單之後，我該怎麼與你聯繫？」

「嗯……給你一個星期的時間如何？一星期後由我主動聯絡你，這樣可以嗎？」

太好了，能夠拖延一個星期的話，或許趙玄嚳就有充裕的時間想出對策。

可是——

「一個星期？如果這段期間內你又動手殺人怎麼辦？」

「放心，我答應你，一星期內我會完全停止行動，在你們列出名單之前，我向你保證不會繼續殺人。」

「……還真是貼心喔。」

「呵呵……你別酸言酸語的。」

「我已經很客氣了。」

「好吧，那麼話題也該在此告一段落，實在跟你聊得太多了……總覺得，我跟你意外地有話聊呢，王守人。或許我們也算是意氣相投？」

「誰跟你意氣相投，我可不是精神異常的殺人犯！」

「還真是刻薄，這就叫得理不饒人吧……」

我按下中斷通話的按鈕，強制切斷對方的通話，這殺人魔出人意料地口若懸河，只要一個不注意，對話很容易就會被牽著鼻子走。不過，或許只是因為談話的對象是我，如果是趙玄嚳或是鍾遠川的話，說不定已經在談話中想出對策。

反正……只要知道一星期後他會再打電話來就行了。

我將話筒掛回話機上，意識已經變得清晰無比，睡意全消。現在應該先聯絡趙玄嚳才是，但我又餓又渴，醒來之後既沒有上廁所也沒有喝水，就這樣講了一大堆話，要是再打電話給趙玄嚳，肯定又得花上不少時間解釋。

於是我決定先處理掉自己的生理需求再來考慮後面的事。

ch2.

圈套與乖離

藍斯・杜因倚著停靠在馬路旁的機車，正攤開市內地圖，戴上墨鏡，將自己佯裝成一個正在研究觀光路線的觀光客。

如果他不是西裝筆挺的白人男子的話，一切都很完美。

如果身旁不存在一個穿著深色連身裙的日本女孩的話，一切都很完美。

撫子撐著陽傘，儀態優雅，如同瓷人偶般精雕玉琢的嬌美面孔卻透出不耐煩。她獨自佇立在一旁，目光冷冽地監視著偵探的作業。

煩躁感猶如蔓生植物般緊緊攀住藍斯的身心，讓他渾身都感到不自在。他所在的位置，正好可以從一個不顯眼的角度窺視目標公寓的出入動靜，以往他都是這麼幹的。如今換了個國家，原本理應是相當優秀的偽裝，就在置換背景之後變得全然格格不入。

幸好天氣不算熾熱，入秋之後氣溫多少變得微涼舒適，湛藍的天空伴隨著秋風，枝葉發出沙沙的聲響，待在樹蔭之下監視倒也算不上辛苦。他將目光從公寓大門口移開，偷偷瞄著安靜待在樹下的撫子。

不知道大小姐的耐性還能支撐多久……

原本藍斯的構想是，既然王守人和真正的目標——茉妮卡・雪菲爾有所聯繫，那麼只要花上一點時間跟監，就可以輕鬆地探查到雪菲爾的住處。

幸好昨晚透過入來院家的情報網，只花了些許時間就挖出了王守人的住處，否則不知道還得浪費多少時間。

但從昨夜之後，入來院家的大小姐似乎就異常著急起來，原本嬌裡嬌氣的舉止也變得更加暴躁，折騰得不得了。

藍斯試著想探點口風，撫子的嘴巴卻超乎想像地緊。

到現在，事態終於走到難以控制的地步。

經過昨夜的教訓，藍斯堅決反對讓撫子跟在身旁，卻還是拗不過她的大小姐脾氣，毫無談判空間。撫子拒絕了藍斯的計畫，堅持要盯著藍斯的工作進度。

最後他還是妥協了。算了，要跟就跟吧，反正事情被搞砸了也不關他的事。

盯了一早，或許是因為假日的緣故，公寓的住戶進進出出，卻都是輕衣便裝，看起來一時半刻就會返家。

等了半天，藍斯好不容易才盯準了一名穿著整齊套裝的職業女性，看見她駕著跑車咻咻揚長離去之後，他立刻決定開始雕塑「人偶」。

與藉由DNA序列或是近距離接觸所拷貝出來的影偶不同，只依靠肉眼遠距離觀察所產生的影偶是依照藍斯的視覺印象進行構成，品質相當不穩定。

藍斯收起地圖，離開機車回到樹旁。

「怎麼？已經看夠了？」撫子冷冷地質問。

「嗯，找到合適的對象了。」

「那你不快行動，還慢吞吞的在幹嘛？」

「大小姐，請妳尊重我的專業，別忘了昨晚可是妳自己搞砸的，不然我早就已經跟蹤他們找出茉妮卡・雪菲爾的住所了。」

撫子十分不悅地用鼻子哼了口氣，站在一旁，靜靜地看著藍斯凝出「人偶」。

影子從藍斯的腳下浮現出來，一道立體的黑影逐漸變化，姿態緩慢地固定，就像將藍斯整個人完全塗黑似的，他的影子完整地呈現出自身的輪廓線條。影子的顏色褪得很快，轉眼間，另一個藍斯就出現在撫子眼前。

「ＯＫ！」藍斯彈了一下手指，閉上雙眼努力回憶剛才看見的女性身影。

首先是體態和服裝、髮型，藍斯的影偶形態逐漸變化，身高以及四肢長度、軀幹腰身還有胸部的大小，全都一一變化成形。接著是膚色、臉部輪廓和五官，這才是最麻煩的部分，單純的記憶並不可靠，藍斯拿出數位相機，並將內部的相片放到最大。

配合著腦內印象，添上那名女性的整體氣質進行細部修正，好不容易才在一個小時之後完成了影偶的雕塑。

或許還有未臻完美的部分，不過眼下也沒有太多光陰能夠虛擲，藍斯左觀右看，滿意地點了點頭。

如果不是被相當熟悉的人看到，一時之間應該無法辨明真偽。

剛開始的時候撫子還有些觀賞變化的興致，等到進入細部雕琢，撫子立刻覺得無趣，失去耐心，百無聊賴地在一旁踱步。

「總算可以了嗎？」

「應該可以騙過管理員吧。」

「你花了足足一個小時，就只是為了混過管理員那一關？」

「我從以前就是那麼做的，不然妳有更好的建議嗎？」

「……隨便你。」

撫子冷淡地凝視那尊剛完成的影偶，完全不能明白和之前的人偶有什麼不同之處。

「這女人有什麼特別之處，要花那麼多時間？」

「只有照片和遠距離觀測就是得花那麼多時間。」

「嘖……那現在可以開始進行了吧。」

「等等，我還沒調整聲線呢。」

人偶開始發聲練習，從喉間傳出的卻是突兀的中性嗓音。藍斯皺了皺眉，讓聲帶變細，音調逐漸上升，最後終於變成了女性的嗓音。

藍斯又憑藉著記憶，讓人偶稍微走了幾步，盡可能地模仿那女子本人的走路方式。

「差不多了。」藍斯嘆出一口氣。

撫子抬起頭來，明明個子嬌小視線卻十分高傲。

「你確定沒問題了？」她瞪著人偶，語氣傲慢地說。

「反正我只負責帶妳進去，說要親自交涉的不是妳自己嗎？」

「……那就走吧，動作快點。」

「是是，大小姐。」藍斯露出苦笑。

偕同人偶，兩人一起走向那棟公寓，撫子那股泰然自若的神情應該不至於露出馬腳，不過重擔可就全然落在自己肩上了。

雖然複製出了人偶，但他們可沒有能夠順利進入公寓內的鑰匙，因此只能運用人偶詐欺術想辦法騙過管理員，好讓他們能夠進入建築物內部，到達王守人的居所。

讓人偶走在前方，藍斯保持冷靜，只要讓人偶開口就好。

三人一進入狹小的梯廳內，管理員的目光立刻警覺地投射過來。

「哎呀，王小姐，妳不是才剛去工作嗎？怎麼又突然跑回來了？」

「有些東西忘了帶，順便帶外國的朋友到家裡來。」

管理員是個中年大嬸，與其說是管理員，其實也不過是個收收掛號包裹，平日負責打掃的兼差。她的視線不停地在他們身上打轉，注意力全部被人偶後方戴著墨鏡的高大白人男子和嬌小可愛如同娃娃卻滿面冰霜的女孩吸引住。

看來要混過去比他想像中更容易得多。

「不好意思，我不小心把感應器忘在工作的地方了，可以請妳幫我啟動一下電梯按鈕嗎？」人偶禮貌地開口。

「啊，好的，王小姐妳還真是交遊廣闊，連外國朋友都有。」大嬸邊笑邊唸。

「沒什麼，現在也是國際化的時代了。」人偶笑吟吟地回答。

從口袋中掏出感應卡片啟動電梯之後，大嬸朝三人點點頭，藍斯讓人偶和撫子率先進入電梯，自己則擋在電梯門口，盡可能避免人偶繼續和那大嬸交談。

人偶按下關閉鈕之後，藍斯才連忙按下住址上所登記的樓層數。

電梯顫動，然後快速上升，轉眼間便來到指定的樓層，敞開門扉。

踱出電梯，腳步聲在梯廳間迴盪，右邊是採光窗和逃生安全梯的出入口，左側則是通往兩側住戶的公用走廊。

藍斯始終讓人偶走在前頭，小心翼翼地環顧四周。順著地址上登載的戶碼，他順利地尋出那扇門。

「找到了。」

「再來呢？」撫子問。

藍斯指揮人偶，摁下電鈴。

叮咚——

門口的電子裝置傳出制式的電子音。

藍斯讓撫子一起躲到貓眼的視野之外，打算想辦法讓人偶即興發揮，再找機會入侵屋內。門後傳來悶悶的腳步聲，隨即又安靜下來，然後門板喀啦一聲從內側被推開。

「暮綾姊……妳忘了帶東西？」

藍斯只聽見門後之人的說話聲，從他的角度無法看見他的臉，不過……那確實是昨夜那個少年的聲音。

「是呀。」他讓人偶彎起嘴角。

「……妳是誰？」

少年瞬間發出質疑。

藍斯也在剎那間發現不對勁，心裡一驚。說話的聲音被聽出來了，難道說這個女人是王守人熟識的人物？內心沒有產生絲毫猶豫，藍斯讓人偶迅速做出反應。穿著套裝的女性驀地以驚人力道將門拉開，旋即向前撲去，纖細的手臂湧出恐怖的力量，掐住少年的脖子。

人偶的上半身已經開始變形，女性人偶手臂膨脹，暴出糾結的筋肉，身體各處也開始產生駭人的變化。人偶推著少年一路闖進公寓內部，將他猛然撞在牆上。

人偶已經化成健美威猛，渾身肌肉的男性。

那也是預備用的變形之一。

藍斯跟了上去，仔細地調節人偶的力道，用手臂將少年壓制在牆上。守人被粗大的手臂扼住，還沒完全反應過來，喉嚨只能發出不成聲的氣音。

藍斯急促地走到他身旁，保持著一段距離，雖然王守人的手正在拚命掙扎，不過難保他不會突然朝自己揮來一拳，要是自己昏了過去，事情的發展可就難以控制了。

「喂，冷靜一點，我沒有打算傷害你的意思。你聽得懂嗎？」

被按在牆上的守人惡狠狠地瞪來一眼。

「我的雇主有事找你。」藍斯讓人偶擒住守人的手腕，然後才湊近臉小聲地對他說：「我也只是受人之託而已，完全不想打架，也不想摧毀你家的裝潢。能夠明白的話，我可以馬上放你下來，點個頭讓我知道好嗎？」

守人忿忿地瞪了他一會兒，藍斯沒有轉過頭去看撫子的舉動，只聽見門板闔上，鎖鈕喀啦一響再度將門閉鎖。

雖然眼中盡是不甘願，最後守人還是點了點頭。

人偶鬆開手臂，將隆起的肌肉從少年的喉間移開。守人雙膝落地，趴在地上痛苦地咳了幾聲。藍斯退開幾步，讓人偶進入警戒以防少年展開突襲。

「你看看，動作那麼粗魯，都傷到人家了。」撫子繞出玄關，淡然地環視公寓內部，看見滿是垃圾的桌面的時候卻也忍不住柳眉微蹙。

嘖……真是會裝模作樣。藍斯在心底抱怨。

守人還在輕咳，雖然剛才還能夠呼吸，但是喉嚨被扼著自然不是舒服的事。他站起來，背靠著牆，莫名其妙地凝視著眼前的兩人……或者該說是三人？

「……你們闖入別人的家到底想幹嘛？」守人提出理所當然的質問。

他立刻認出眼前的人物就是昨晚產生衝突的兩人，那少女的面貌跟入來院宗介昨夜展示的照片一模一樣。沒想到對方竟然連自己家的住址都弄到手了，也才一個晚上的時間，還真是神通廣大……還是說，他們是跟蹤自己找到這裡來的？

守人有些後悔地在心中盤算著。

「沒什麼，只是有些問題想請教你罷了。」撫子端莊地繞過桌子，挽起裙襬怡然自得地在沙發的中央位置坐下，雙腿併攏合齊，手心在膝上交疊。

「……是茉妮卡的事情？」

「哎呀、你不覺得，有客人來訪的時候應該先好好展現待客之道嗎？」

「不速之客也算客人？」守人皺起眉頭，看著那堂而皇之目空一切的大小姐姿態，不悅地吐槽。

「嘿，雖然我也覺得你說的沒錯，不過呢……在外面站崗大半個早上我也已經渴了，讓我看看你家冰箱應該無所謂吧？」藍斯沒等少年說話便走入廚房逕自打開冰箱。

「哇塞！竟然有啤酒，我不客氣啦。」藍斯啪嚓一聲單手打開鋁罐包裝，馬上酣暢地飲了起來。

旁若無人地喝了大半瓶之後，藍斯順手從冰箱內抓出一大壺冰得透涼的紅茶，搖晃一番之後又用鼻子嗅了嗅，確定不是什麼奇怪的飲品，便十分自動地捏著玻璃杯拿到對峙著的兩人面前擺下。

咕嘟咕嘟地將紅茶注到八分滿，藍斯同時將手中的啤酒大口飲盡，然後又像變魔術似的從袖口翻出另一罐啤酒。

「你喝掉那麼多，會害我被罵的。」

「啊，那我先說聲抱歉囉。」藍斯啵地打開拉環。

守人垂下頭，發出長長的嘆息。

「不坐下來談嗎？」撫子目光筆直地望向他，眼前的小女孩彷彿變成了公寓的主人似的，待在這個空間內，頓時讓守人感到渾身不自在。

他走到少女的對面，拉過單人座的沙發坐下。

守人氣呼呼地瞪著撫子，那種彷彿被命令的感覺讓他十分不爽。雖然是入侵自己家的不速之客，但又沒理由對這女孩暴力相向，趕也趕不走，只能無奈地屈服。

至於坐在旁邊一副痞樣的男人……守人實在有股一拳揮去的衝動。

「竟然裝成暮綾姊的模樣騙我開門，未免也太奸詐了。」

「不是有句話叫兵不厭詐嗎？」撫子笑吟吟地說。

「……算了，懶得跟你們作口舌之爭，有什麼話就快點說。」才剛經過殺人魔的弔詭辯論，守人現在已經不想再和人爭辯。

「我叫入來院撫子，這位則是我雇用的偵探，名叫藍斯・杜因。」

「喔。」

「據說，您知道雪菲爾小姐現在人在哪裡，王守人先生。」女孩的聲音如同銀鈴般清脆。

「……是啊。」

撫子若有似無地朝正自顧自喝著啤酒的藍斯瞟了一眼。

「可以請您告訴我嗎？」

「不要。」

「您想要錢嗎？」

「不想。」

「那您想要什麼，只要別太過分，入來院家給得起。」

「我想要你們現在立刻馬上給我滾出去。」

「不行，除非您願意透露雪菲爾小姐所在之處，否則我會一直待在這裡。」撫子的臉色乍變，語帶威脅地說。

「請自便。」守人哼笑一聲，反正自己什麼沒有，時間最多，想耗我就跟妳慢慢耗。

聽見他的耍賴，倒是撫子這邊先故作委屈了起來。她垂下頸子，纖長的睫毛靈靈翩動，泫然欲泣。

藍斯蹺腳坐在一旁，興致勃勃地準備看著撫子演戲。今天這齣還沒看大小姐表演過，看起來格外有趣，拿來配啤酒正好，可惜沒下酒點心。藍斯翻了翻桌上早已空空如也的零食包裝袋，不禁露出有些失落的神情。

「喂……妳別哭啊。」

氣氛尷尬許久，守人才繃著臉說出這句臺詞。

「我沒有哭。」撫子垂首，語帶哭腔地說。

「可是我看妳眼眶都變紅了耶。」

「我說沒哭就是沒哭。」一顆晶亮的淚珠適時地滴落在撫子的裙襬上。

「這邊有面紙。」

如果不是怕露出馬腳被撫子狠瞪，藍斯差點就要在一旁捧腹大笑。

撫子持續哽咽和抽泣，看來這招對少年也不是完全沒用，氣氛變得越來越難堪，守人的臉也逐漸垮了下來，每當撫子發出抽抽答答的聲音，他的表情就會持續僵直。

……

「拜託妳別哭了。」

「我沒有哭。」入來院撫子依舊梨花帶淚地堅持。

守人本想咬牙甩頭回去房裡眼不見為淨，可是又不能放任這兩人在自己家裡亂來，只好繼續忍受。

等到藍斯把罐子裡最後一滴啤酒非常珍惜地吸乾之後，守人終於受不了了。

「……算了。」

「嗚……您總算願意告訴我了嗎？」

「我打個電話問茉妮卡，要是她願意見妳的話我就帶妳去找她。」

「真的？」

「要是她不願意的話你們就馬上給我滾蛋。」

撫子抬起頭，眼眶紅潤，朝守人露出一抹嬌豔欲滴的笑容。

「謝謝，您的恩德，入來院家絕對不會忘記。」

「……別感謝得太早。」守人被撫子盯得臉紅，撇頭回到房間找出手機，一腳才剛離開房門口，手機就馬上鈴聲大作。

掀開手機，守人還在想會是誰打電話來，發現上頭顯示的號碼正是那位麻煩的根源，罪魁禍首茉妮卡・雪菲爾，不禁嘆了口大氣。守人瞄了一眼安坐在沙發上的兩人，猶豫片刻，終究還是無奈按下通話鍵。

「……喂。」

「守人？你沒事吧？」茉妮卡有些迷糊的聲音透過話筒傳遞過來。

「妳該不會已經知道發生什麼事了吧？」

「嗯……差不多喔。」

「那妳是不會早點告訴我好讓我有點心理準備嗎？」

「哎唷，人家也是剛剛才知道的嘛。」

守人臭臉瞪著撫子和藍斯，總有一天會被這些傢伙給逼瘋。

「那妳也知道他們是來找妳的吧。」

「知道啦……昨晚不就見過面了嗎。」

「所以呢，妳打算見那位入來院撫子小姐？」

「可以把電話給她，讓我跟她說幾句話嗎？」

「……知道了。」守人朝撫子走去，將手機遞給仍然淚眼汪汪的入來院家大小姐。

撫子抽出一張面紙，先慢條斯理地拭乾眼角的淚水之後，才伸手接過電話。

「茉妮卡……」撫子動作拘謹地將手機靠在耳際，以幾乎難以辨識的音量與茉妮卡展開對話，守人也沒興致聽兩人說話，靠著牆壁在一旁等待。

「嘿，我可以再喝一瓶啤酒嗎？這真好喝呢！」藍斯靠在沙發上朝守人說。

「不行！」

「嘖。」藍斯陰沉地捏了捏空空如也的啤酒罐，「那我借個廁所總可以吧？」

「不行！」

「可是我這人一喝酒就很容易醉，一喝醉就很想上廁所，要是一個不小心發起酒瘋在你家客廳撒尿也不太成體統，你說是吧？」

「……走廊左轉，不要給我四處瞎逛。」

「謝啦。」藍斯從沙發上彈身而起，馬上走進廁所，等到他上完廁所回到客廳，撫子也恰巧結束通話。

少女將手機交還給守人，並且幽幽地向他道謝。

「喂，現在怎麼辦？」

「嗯……麻煩守人你帶他們過來我的公寓好嗎？拜託！我會補償你的！」茉妮卡淘氣地說。

「唉……知道了啦。」

「謝謝，那待會見喔，麻煩很快就能解決了！」茉妮卡不待守人道別，旋即掛上電話。

解決？茉妮卡這傢伙不知道又想搞些什麼把戲，神祕兮兮的。守人在心裡暗自揣測。把玻璃表面已經結出細緻露珠的紅茶一飲而盡，將剩餘的紅茶放回冰箱之後，守人轉頭對兩人說道：「那……我帶你們過去找茉妮卡。」

撫子站起來，恭敬地對他鞠躬。

「唔……先等我換件衣服。」發現自己身上還穿著睡衣，守人回到房間，思考著自己幹嘛要替人帶路。明明自己還有更重要的事該做不是嗎？例如想辦法對付殺人魔之類更要緊的事情啊，就算留在房間裡溫習功課也還比較有意義不是嗎？守人一邊胡思亂想，身體卻不爭氣地換好了衣服。

帶著兩人離開住處，搭電梯到一樓的時候，那位大嬸詫異地望著他們說：「咦，才剛待不久又要走啦？」

「對。」守人沒好氣地應了一句，匆匆離開。

走上街道，守人刻意避開月樓，多花時間稍微繞了點路才抵達茱妮卡的公寓。

比起自家管理員的隨便，茱妮卡住的公寓可就顯得高級許多，他帶兩人進入大廳，經過管理員嚴密確認身分之後才能夠上到茱妮卡居住的第二十層。

電梯開啟，茱妮卡・雪菲爾早就等在門邊守候。

入來院撫子一看清茱妮卡的身影，立刻撲入她的懷中，緊攬著茱妮卡的腰間不放。

「哎呀哎呀。」茱妮卡輕輕抱著撫子，溫柔地撫摸著她美麗的長髮。

「茱妮卡……我真的不是故意要對妳那麼凶的……可以、可以原諒我嗎？」

「在這邊不好說話，先進屋裡再說啦。」

「可是……妳不在我身邊我真的好害怕好害怕……」

「和妳在一起久了我也有點害怕呀。」茱妮卡露出苦澀的笑。一旁的守人和藍斯，聽了茱妮卡的話，竟不約而同深有所感地大點其頭。

「總之，你們都先進屋裡來吧。」茱妮卡拖著撫子，打開門讓眾人全部進入公寓內之後，自己才無聲地帶上門。

守人隱隱約約聽見茱妮卡扭上門鎖的聲音。雖然鎖上門是理所當然的事情，不過茱妮卡的舉止未免也太過鬼祟，更顯得格外詭異。

「好了，準備萬全！」茱妮卡握拳屈臂，偷偷擺出勝利姿勢。

「妳到底準備了什麼啊……」

「噓！」

茱妮卡的公寓內部依舊瀰漫著馥郁的茶葉香氣，微酸的紅茶氣味和各種香料、新鮮香草，還有剛納入品茗範圍的各式臺灣茶，以及清淡的花草香，揉合成強烈卻不至於刺鼻的複雜香味。

除此之外，內部卻是一片混亂。

藍斯不自覺地搔了搔鼻子，撫子則司空見慣，神色自若地嗅著空氣中洋溢的香氣。曾經和茉妮卡共處過一段時日，撫子早已明白她的性格和習慣，臉上毫無意外之情。

安排兩人坐下之後，茉妮卡立刻挽住守人的臂膀，半推半就地將他拖進廚房裡。表面上說是要請他一起準備茶點，但守人立刻就猜想到其中另有隱情。

「喂，現在可以說了吧。」守人排列著盤中的手製餅乾，忍不住問道。

「唉……其實也沒什麼啦，我只是……」

茉妮卡湊到守人耳邊竊竊私語一番，隨著陳述越來越深入詳細，守人感到身後冒出陣陣冷汗，衣服緊密地貼住背部，連雞皮疙瘩都泛了出來。

「妳……妳真的是……」

「天才？」

「唯恐天下不亂的天才。」

「欸，你怎麼這樣說嘛。」茉妮卡委屈地嘟起嘴：「現在……現在這種情況我也沒其他的辦法了呀，如果可以的話我也不想這麼做……」

知曉了事實之後，空間內的氣氛霎時間變得詭譎不已。守人朝毫不知情安坐在客廳裡的兩人瞟去一眼，在心裡暗自嘆氣。

「對了，今天早上我還接到另一通電話。」

「嗯？」

「是那攔路殺人魔打來找我的。」

「……咦？」茉妮卡一臉呆滯，一時搞不懂話題的轉換。

「唉，我看算了，還是等妳這邊處理完再說吧。」

端起餐具，和茉妮卡一起在茶几上擺置各式杯盤的時候，守人不得不承認茉妮卡確實是整天閒閒沒事幹。如果殺人魔親自登門拜訪，或許茉妮卡也會準備整桌的茶點招待也說不定。

藍斯氣定神閒地坐在一旁，而撫子則默默地等待他們將所有器皿備妥之後，才幽幽開口。

「茉妮卡，哥哥他……和妳說了些什麼？」

「……呃？」

一開口就提到入來院宗介，讓茉妮卡正在倒茶的手臂頓時僵在半空中。

「也沒什麼啦，哈哈哈！我們只是偶遇，偶遇的意思妳懂嗎？就是不期而遇的意思……唔，這樣好像反而更難懂了！」

守人明白，茉妮卡正在試圖使用笨拙的話術好岔開話題。

「哥哥他……真的說是來帶我回去的？」

「是、是呀。」

「茉妮卡妳也覺得，我應該跟哥哥回去？」

「呃……這個嘛……」茉妮卡將手中的茶壺輕輕放回桌上，發汗的手心在短褲上抹了抹，掩飾了心中的不安之後才娓娓開口：「其實……其實我也覺得妳和宗介一起回家比較好啊，妳的雙親應該也很擔心妳不是嗎？」

「他們才不會擔心我。」撫子咬著下唇，冷澈地說。「我都已經十五歲了，作為入來院家的長女，他們不應該擔心我。」

藍斯轉轉眼珠，對於小女孩的聲明在心底表示不予置評。

原來這女孩十五歲了啊……從外表還真是看不出來。

守人啜著紅茶，不動聲色地在心裡暗自想著。

大概是撫子穿著稍微孩子氣的連身洋裝，加上面容身段尚未成熟，額外給人一種童稚的錯覺，如果不是那身大家閨秀的氣度和威儀感，就算讓人誤認為還是個小學生也不誇張。

不過……這個年紀的發育速度本來就不易判斷，守人偷偷瞥了一眼茉妮卡•雪菲爾，她的心智年齡應該比入來院撫子大不了多少。

不過肉體上就……嗯嗯，完全相反。

可以說是大相逕庭。

「撫子的個性太倔強了喲。」

「我才不是倔強，妳根本就不知道哥哥的真面目！」

「宗介的真面目……什麼意思？」

「哥哥他，難道除了帶我回家這件事之外什麼都沒說嗎？」

「真、真的啊，妳看我的眼睛，這像是會騙人的眼神嗎？宗介他真的什麼都沒有說啦。」

茉妮卡杏眼圓睜，指著自己閃閃發亮的翠綠眼眸。

「真是薄情吶，雪菲爾小姐。在下明明曾經提及要與您共結連理的事情。」

空氣凍結。

伴隨著幾乎無音的腳步聲，入來院宗介的說話聲清晰地傳入每個人的耳中。

「啊……」

「噫———！」聽見宗介的聲音，撫子臉色瞬間變得鐵青，嬌小的身軀發出劇烈顫抖，整個人蜷縮在沙發上，原先的高昂氣勢徹底消失無蹤。

一道蒼白的面孔從書架後的陰影處浮現，赭紅色的眼瞳熠出懾人的光芒，入來院宗介面帶笑意，在眾人面前現身。

最先做出反應的是藍斯・杜因。

他壓低身體，而在他動作的同時間，影偶從他腳下發動。一具筋肉糾結的軀體高速凝聚出上半身，背肌弓起，碩大的拳頭正要揮落！

異常冰冷的觸感在他的喉間閃現。

宗介的「破形」後發先至，蒼白的刀刃猶如手臂的延伸，悄然無聲地架在藍斯的喉嚨處，幾乎就要劃破他的頸脈。

拳心靜止，兩人在瞬間分出勝負。

藍斯明白，只要影偶的拳擊再逼出半寸，自己的喉嚨就會被眼前冰鋒般的利刃撩出一道狹長缺口，溫熱血漿彷彿幫浦抽水般高壓噴濺，生命會在瞬間消逝。

僅是轉眼須臾，冷汗卻已涔滿全身，陷入戰慄。

宗介血色的瞳孔注視著他，凜冽的殺氣磅礡湧出，那根本不是人類的眼神。在紐約打滾過一陣子，藍斯見識過黑白兩道各式各樣的人物，什麼冷酷無情的暴力分子沒見過？

但藍斯卻從未見過那樣的眼神。

宛如要將人類的靈魂吞噬輾壓，不存在絲毫情感的空洞眼神。

那雙眼睛是惡魔才具有的東西。

「別輕舉妄動，保鑣先生。你應該是舍妹雇用的保鑣沒錯吧？認清自己的身分是很重要的基礎，我可不會對下人手下留情，懂嗎？」

宗介冷酷的面容瞬間又恢復笑咪咪的模樣。

藍斯膝蓋一軟，頹然倒坐在地。影偶早已消失，他愣愣地仰望眼前這個全身雪白的男子，除了眼中閃爍的幽暗紅光，彷彿失去一切塵世的色彩。

宗介揮動衣袖，日本刀魔術般在他手中消失，他輕輕擊掌拍出薄弱聲響，就像結束表演的催眠師般將眾人喚醒。

「別來無恙，撫子。」宗介的目光落在死命縮在沙發上動彈不得的女孩身上，語氣輕柔地問候道。

少女噤口不語，逃避現實一般龜縮起來，渾身不住顫抖。

不正常……這絕對不正常。那是守人腦海中浮現的第一個念頭。

這世界上存在著如此扭曲的兄妹關係嗎？為什麼那女孩會對自己的兄長恐懼到這個地步？前一刻還是個趾高氣揚的嬌慣少女，下一秒卻像是看見莫可名狀的妖物般悚然失神。

絕對有什麼古怪，守人暗自思忖。

雖然不想承認自己剛才也被宗介的氣勢震懾，但方才周圍氣息強烈地被宗介牽引過去的怪異氛圍真切地發生在這個空間中，即使早已知曉他的存在也一樣。守人心神激盪，那是有生以來初次體會到的感受。

他困惑地注視著入來院宗介。

宗介露出一抹輕描淡寫的笑意，肆無忌憚地朝自己的親妹妹走去。

「撫子。」雖然語調沒有變化，但聲音的質量卻加重了數倍。

女孩驀地劇烈抽搐一下，雙手緩緩離開頭部，併攏的指尖顫抖著。彷彿正在適應深海水壓一般，撫子狼狽地揚首，目光卻始終向下沉沒。她不敢與兄長的視線交會，神色中滿是驚懼，她戰戰兢兢地調整姿勢，面如死灰，跪坐在沙發上。

「……哥哥。」

宗介彎起嘴角，二話不說就要趨上前去，卻被茉妮卡挺身阻攔。

茉妮卡‧雪菲爾似乎是在場唯一沒有被影響的人，或者說，雖然多少意識到了宗介散發出的壓迫感，但相對於其他人，茉妮卡可稱得上適時發揮了自己的天然屬性。

她張開雙臂，挺起豐滿的胸膛，意志堅定地佇立在宗介面前。

「宗介……你、你想對撫子做什麼？」茉妮卡注視著宗介皮笑肉不笑的臉龐，質疑地問。

「做什麼？在下不是和您說好，只是要帶舍妹回家而已嗎？」

「只是要帶她回家，表情有需要變得這麼猙獰？」

「如果您願意與在下共結良緣，在下倒是十分樂意接受您的過問。」

「唔……」茉妮卡拚命想著反詰的辭彙。「你的意思是說，這是你的家務事，要我別插手？」

「是的。」

「這裡是我家，所以現在是我的家務事！」

「……」

入來院宗介沉默許久，側著頭視線向下，似乎正在對此番毫無邏輯性的詭辯言論進行思考。

「嗯，您說的確實有道理，是在下僭越了，實在非常失禮。」過了半晌，宗介終於做出結論。

……這也行？守人在一旁看得瞠目結舌，茉妮卡則鬆了好大一口氣，表情頓時萎靡，變成軟綿綿的可愛模樣。

宗介瞇細眼瞼，環視打量在場所有人——除了靠著牆正氣喘吁吁的藍斯之外，宗介的視線就像刻意忽略他的存在一般將他略過。

「雪菲爾小姐做出如此表示，那麼在下也只能悉聽尊便。」雙手在袖子的遮掩下交叉，宗介一派輕鬆地在藍斯原本的位子落坐。

「撫子，看著我。」宗介說。

聽見自己的名字，垂著頭的撫子又顫了一下，這才緩慢地揚起目光，緊抿的兩瓣櫻色薄唇顫巍巍地開啟。

「是的……哥哥。」視線與宗介交會，撫子倉皇無措的游移眼神終於變得安定。她擺動雙腿，整齊地收折在臀下，然後挺直背脊。像是回到家族中與自己的兄長進行會面般，恢復了一絲幾乎喪失殆盡的自信感。

「唉，可以好好談不是很好嗎？」茉妮卡感嘆地說。

「雪菲爾小姐能這麼想真是太好了，在下也一直有此想法。畢竟……自從舍妹離去之後，在下就再也沒有與她共處的機會了。」

「……到底是怎麼回事？」守人在茱妮卡耳邊好奇低語。

「以舍妹的年紀，怎麼能在外頭四處流浪。連保護她的隨從也遣回家，成天和低賤的無賴鬼混，有失體統。」宗介輕蔑地睨了藍斯一眼。

藍斯的臉不知是因為喝了酒，還是遭到宗介如此羞辱而怒氣勃勃，滿臉脹得通紅。

「作為兄長，在下怎能坐視不管？」

「那不是最主要的原因吧？」茱妮卡反問。

「呵呵，以您的能力，想必也已經知曉舍妹離去的真正緣由。她將『它』從我手中奪走了，那對在下是相當重要的東西，因此在下無論如何也要將『它』收回。」

「我知道。」

「既然您已經協助在下找到舍妹，何不就此撒手，讓在下將她帶回。」

「不行！」

「嗯？何出此言呢？不是說好找到舍妹之後，就讓在下帶她回去嗎？」

「你能回去我當然是很高興啦，可是……」茱妮卡看著故作堅強的撫子，目光中流露出憐憫。「反正，在撫子自願和你回去之前，就暫時和我待在一起。」

「您這是不守約定啊。」

「我本來就沒有對你做出什麼約定唷，入來院宗介。」

「是嗎……看來是在下誤會了什麼。」宗介輕輕撫觸自己的下顎，「和雪菲爾小姐待在一起也還算能夠令人安心，不過，將『它』物歸原主，您應該沒有理由反對吧？」

「這……這個……」面對宗介的話語，茱妮卡一時也不知如何是好。

「恕撫子失禮，哥哥。」語調中挾著顫音，始終沉默不語的撫子喃喃說道：「只有這件事情，不論如何我都無法答應。」

雖然宗介的表情沒有任何變化，但空間內的氣氛再度改變。

沉重的窒息感，讓守人懷疑是不是有某種力量正在運作。不過，那終究只是精神上帶來的錯覺，實際上宗介並沒有運用任何力量，他也不具備這樣的能力。

「妳的意思是說，事到如今還是不願意將『它』交還？」

「……是的。」

「真是遺憾吶，雪菲爾小姐。」

「——咦？」

「既然舍妹態度如此堅決，看來在下還要叨擾您好一陣子了。」

「可……可是……」茉妮卡食指尖互相戳刺，滿臉苦澀。以她的立場來說，當然不希望入來院宗介這樣難纏的人物繼續待在此處，但眼見撫子的模樣，她又狠不下心來拋棄她。她知道兩人之間的矛盾，也無法輕易地選擇任何一邊。

不管從哪個角度思考，宗介才是佔據道理的那一方。撫子確實從宗介手中奪取了對他而言極為重要的東西。

——撫子奪走了宗介的「影」。

以能夠封鎖一切能力的闇色鎖鍊，剝奪了宗介另一半的能力。

茉妮卡所顧慮的，也是那股莫可名狀的力量。

就梅杜莎所推算出的答案，宗介被奪走的能力是——與「破形」恰恰相反的能力——是能夠斬斷萬物之「影」的能力。

這樣的能力為何會被撫子的鎖鍊束縛呢？從理論上來說，當能夠封鎖一切能力的鎖鍊遇上能夠斬破所有影子的刀的時候，其結果應該和矛與盾的寓言一樣無人知曉。

根據撫子所言，在她奪走那股力量的時候，宗介並沒有試圖抵抗，而是鬆開手，讓撫子將「它」硬生生地捆縛。

關於宗介為何做出這樣的抉擇，梅杜莎並沒有提出確切的結論，因為梅杜莎並不善於估忖人心。

加上梅杜莎的參數依據是根源於茉妮卡自身所得到的情報，因此，就算身為拉普拉斯也會被使者的觀測能力所侷限。

人類的理性其實才是最接近禽獸野性的東西。

如果人們單純地依靠理性去行動的話，那麼梅杜莎便可以精準地算出每個人心中的想法。但人類受到情感驅使、限制、束縛，甚至會因為各種情緒的波動起伏而產生難以想像的變化，激發出無窮的潛能。

作為入來院家的繼承者，冷酷無情，將自身置放於最理性的角落是必然的教育法則。人類因為情感而強悍，卻也因為情感而變得懦弱。

入來院宗介自小就被教育成必須盡可能削弱感情所造成的不安定因素。

但對於流著相同血脈的撫子，宗介還未能做到無動於衷。

茉妮卡想出了可能的推斷。

若是使者死去，影子自然也不復存在；但如果以宗介的能力消滅了某人的影子，那麼使者本身將會變得如何呢？由於影子的定律超出現世法則，梅杜莎無法進行正確的計算。從經驗來看，在影子受到攻擊時，每個人所產生的傷害也有所不同。

剩下來的唯一猜測就是，宗介不想以那股力量破壞撫子的鎖鍊。

或許宗介對於是否會傷害自己的妹妹有所顧忌。

「在下有個不錯的主意。」宗介打斷了吞吞吐吐的茉妮卡。「就讓雪菲爾小姐的拉普拉斯來進行決斷吧，對於入來院家來說，究竟是將『它』還給我比較有利，抑或是相反？在下願意遵照拉普拉斯所計算出的道路來前進。」

撫子眉頭緊蹙，卻沒有出言反對宗介的提議。

「……你就這麼有自信？」守人問道。

「是的，而且在下信賴雪菲爾小姐。」宗介對茉妮卡笑了笑：「在下確信她會做出公正的計算。」

「真的？」茉妮卡詫異地問。

「絕非戲言。」

茉妮卡點點頭，像是下了某種決心，梅杜莎立刻從她的身後飄出。影子幽幽捲動外露的鞭狀蛇髮，眼罩下的雙目隨著運算強度而增強光華，霎時間綻放出鮮紅的花，在得出結果之後又迅速消退黯淡。

深呼吸之後，茉妮卡說出結論。

「……宗介是正確的。」

「呵呵，果然如在下所料。」宗介勾出笑臉。

「梅杜莎是由我的個人認知進行計算，在此前提之下，你能夠恢復完全的力量，從表面上來說對入來院家當然沒有壞處。但是……」

「但是？」

「對於你取回力量之後的所採取的行動，我無法做出擔保。」

「這樣啊。」

「梅杜莎只能根據現有的資訊做出當下的判斷，並非真正的拉普拉斯，這點你也十分清楚才對，宗介。」

「在下當然理解，雪菲爾小姐。就算如此，在下也想取回『絕影』，就像沒有人能夠忍受自己的靈魂被奪去一半，在下也無法繼續忍受下去了。」宗介將目光投向守人。

「如果是您的話，又覺得如何呢？」

守人無言以對地望著眼前的蒼白男子。

「哥哥……總有一天，您會被『它』害死的……」撫子虛弱地吐露內心的想法。

「『人間五十年，豈有不滅者乎？』我寧可如同盛開的櫻花般與春雨一同凋零，也不願如此苟延殘喘地活下去。」宗介悵然一笑。「……將『絕影』還給我吧，撫子。我保證不會再讓妳失望了。」

經過漫長的靜默之後，撫子終於點了點頭。

眼淚從撫子眼角滑落的瞬間，無數的鎖鍊從房間的陰暗處流竄而出，宛若荊棘般在頃刻間爬滿整間公寓。

曲線在撫子面前具現而出，由堅實粗重的鎖鍊捆出雛形，再由細小的鎖鍊構成緻密的封印，彼此環環相扣，包裹得密不透風。宗介望眼欲穿地凝視著那鎖鍊團塊的中心點，一雙赤紅的眼瞳灼灼發光，一滴深沉的墨點在他的眼睛中央逐漸漾開。

彷彿是由自身慾望結晶而出的構成體。

鎖鍊逐漸抽離，從最細小的鍊子開始消散，就像仔細剝開羽化的繭般，隱藏在內部的物體漸漸現出原形。

糾結固定在鎖鍊中央的是——另一把日本刀。

和宗介持有的「破形」截然不同。

那日本刀就像影子凝聚出的實體，雖然勾勒出了外表輪廓，卻沒有任何色彩光影的起伏，周圍的光被刀的引力偏折，構築成無法看清實體的模樣。形體尺寸皆與「破形」相同，但卻失去了所有的光澤與色彩。

宗介伸出手指，蒼白與深闇接觸的同時，纏繞在鞘上的最後一條鎖鍊也消失無蹤。

「謝謝妳，撫子。」

宗介對自己的妹妹致上最高的感謝之情。

而撫子的眼神深處卻失去了光彩，如同人偶般看著自己的兄長。

伸手撫摸刀刃的時候，刃的周圍生成了黑影的膜鞘。

左手握持著鞘口，手腕略斜，讓刀身與自己的手臂平行。宗介以拇指抵住刀顎，熟練地將刀刃滑開，右掌輕柔地包覆刀柄，毫無滯礙地將刀身錚錚抽出。

守人可以明顯地感知到那柄日本刀的危險。

自己絕對不想觸碰那把刀。

就連視線也不想停留，卻難以轉移自己的注意力。

曾經受撫子拔刀相向的藍斯，此時更能體會持有者之間的差距。那時撫子握在手中的劍只不過是具空殼，是失去了靈魂的軀殼，握在她手中的只不過是把平凡無奇、由能力具現出的日本刀。

心底湧出一股想拔腿落荒而逃的挫敗感。

「久違了，『絕影』。」

宗介將刀尖向上，刀顎舉至與視線水平處，異常愛憐地看著那幾乎無形的黑暗刀刃，彷彿在他眼中看見的是一柄由刀匠精心鍛鑄的銘刀。仔細檢視之後，宗介反手旋刃，俐落且精準地將「絕影」納入鞘內。

「刀鞘……」撫子囁嚅低語，直勾勾地瞪著被斂入鞘內的「絕影」。

「撫子，我已經能夠完全駕馭『絕影』了。所以妳大可不用為我擔憂。」

絕影的形體逐漸扭曲，將周遭空間崩壞之後，悄悄遁入宗介的袖內。

「兩位的恩德，在下永銘難忘。」宗介轉頭看向守人和茉妮卡，露出一抹若有似無的妖異微笑，伸出蒼白食指。

「為了報答兩位，在下就毛遂自薦，為你們解決一件麻煩好了。」

「……什麼麻煩？」茉妮卡愣愣地說。

宗介咧出了丑角般的癲狂笑容，瞇細的雙眼搖曳著血色，被臉部的肌肉彎成赤紅的新月。

「當然是那個霧使者啊。」宗介說。

到頭來，那對兄妹根本就住在同一家飯店內，只是居住的樓層不同，而且入來院（妹）幾乎足不出戶，入來院（兄）則是為了找妹妹而四處奔走，導致兩人行動完全錯開，失去了遭遇的機會。

藍斯．杜因離開的時候，意味深長地瞄我一眼，然後若有似無地輕嘆口氣。

總覺得他想跟我說些什麼，不過我並沒有理會他，只是目送他離開茉妮卡的公寓。

「嗯，現在該怎麼辦呢？」茉妮卡歪著頭說。

「我還想問妳呢！」我指著她的鼻子大叫。

經過剛才的壓抑，情緒一瞬間衝了出來。其實我也不是無法理解茉妮卡企圖掩飾他們兄妹倆的動機，被這種麻煩人物纏上確實令人頭痛。

但是找茉妮卡找到我身上來未免也太誇張了。

「唉唷，不要指著別人的臉啦，沒禮貌！」茉妮卡撥開我的手，抿嘴說道：「對不起嘛，要不是為了讓撫子乖乖跟宗介回去，我也不想這麼做呀。」

「所以現在可以解釋給我聽了吧？」

「好嘛。」

茉妮卡一屁股坐上沙發，倒了一杯半溫的紅茶給我，而她也為自己添了茶水，配著根本沒人動過的甜點邊嚼邊說。

「先說撫子的情況吧。我和撫子是在歐美認識的，那時候我正在逃跑。」

「逃跑？」

「啊……」茉妮卡趕緊摀住嘴巴。

又說溜嘴了。

順帶一提，外國人表情的變化實在很有趣，可以製作成茉妮卡集錦。

「反、反正我正要離開英國就對了，咳咳。」

「然後呢。」

「接下來就不小心被宗介纏上了啊！我買了張頭等艙機票，結果他竟然就好死不死坐在我旁邊耶！」

人家是大少爺嘛。

這有什麼好意外的嗎？

「不過，我對他的第一印象其實還挺不錯的就是……而且他是白子，看起來很引人注目呢。」

「是嗎？」

我覺得會引人注目不單純因為是白子的緣故。

從根本來說，那樣子的打扮就算走在日本街道上應該也會受到相當的關注，再加上其實宗介長得十分英俊，這也是理所當然的。

「不過為什麼妳會這麼怕他呢……雖然我也不是不能理解啦，但是再怎麼說，也不至於讓他妹妹嚇成那副德性才對。」第一次見面的時候還沒有那麼強烈，不過入來院宗介身上確實帶有一股壓迫的特質。

「難道說是家庭暴力嗎？」

「嗯……應該不是才對，」茉妮卡若有所思地說：「宗介其實是很溫柔的人喔。」

「妳自己還不是嚇個半死。」

「我會怕他是有別的原因嘛！」

「喔？什麼原因？」

「剛才說到我要離開英國對吧。在飛機上遇到宗介的時候，我也沒發現他怪怪的，而且儀態談吐又溫文儒雅，所以他直盯著我瞧的時候其實我也沒想太多。」

「嗯，後來呢？」

「……後來我就發現不管我走到哪裡都會遇見他啦。住的旅館也好，搭電車的時候也好，甚至連吃飯都會遇見，你不覺得有點誇張嗎？」

「這應該叫跟蹤狂。」

「咦？原來這樣子也叫跟蹤狂嗎？我還以為是鬼鬼祟祟地跟在別人後面走、時不時還要躲在電線桿後面的那種才算耶。」

「妳的世界觀未免也太偏頗了吧！」

「是嗎？」

「……妳還是繼續說吧。」

「嗯，後來我決定到美國去的時候，坐在旁邊的當然還是宗介。」

一點都不意外，我點點頭。

「正當我覺得一定有什麼古怪的時候，他就拿了撫子的照片給我看。」

「喔喔，是像這個樣子嗎？」

我模仿宗介，做著從胸前口袋掏出照片的動作給茉妮卡看，「『請問妳見過這個女孩子嗎？』……之類的。」

她愣了一下，詫異地點點頭之後又嘆了口氣。

「總之，我是在美國遇見撫子的，她也是在我遇見宗介的不久之前從宗介身上奪走那把日本刀。」

「嗯？也就是說，宗介在跟蹤妳的同時也在找她的妹妹嗎？」

「是的。」

「那個時候妳已經發現他是影子使者了？」

「其實是他先發現的……」

「呃……為什麼？」

「宗介身上還有別的力量，這是後來梅杜莎計算出來的結果，所以我才會一直覺得他會追求我是因為梅杜莎的關係……」

「妳的意思是……他只要看一眼就會知道對方的能力？」

「是沒那麼誇張啦，不過宗介身上確實有別的使者的能力在運作，如果硬要說的話……跟玄嚳的能力是很相似的類型，但是等級高上許多喔。」

「等級？」

「簡單來說的話，」茉妮卡指著自己放在工作桌上的筆記型電腦。「如果玄嚳的能力是很多臺筆記型電腦的話，那個神祕使者的能力大概就是超級電腦的等級吧。」

「超級電腦……？」有那麼誇張嗎？

不過，因為沒有實際體會過趙玄嚳的能力，我也沒辦法想像兩者之間的差距到底有多大。

「我想會被看透，應該是我不小心被他看到梅杜莎，所以影子的能力才會暴露，不過這項能力似乎無法看透使者本體。」

「啊！難怪那時候夸特恩不現身……不過它現在也還是不現身。」

「怎麼回事？夸特恩不是已經醒過來了嗎？」茉妮卡有些慌張地盯著我瞧。

「……幹嘛？妳又想再來一次？」

「我好像感受到你心中浮現的絲絲邪念噢，王守人同學。」她瞇細眼睛，不懷好意地指著我說。

「什麼邪念！不要胡說八道！」我想起茉妮卡先前對我做的事情，臉部的溫度頓時上升不少。

「哈哈，逗你玩的。」

「請妳別鬧了好嗎？」

「嗯嗯，言歸正傳……呃，剛才講到哪裡？」茉妮卡抓起一塊餅乾塞進嘴裡。

「講到附在宗介身上的能力。」

「所以夸特恩的部分你打算跳過嗎？」茉妮卡舔舔手指。

「……自從上次要它讓我遇到那個殺人魔之後，夸特恩就一直沒有反應，不知道是怎麼回事。」

「噢……我想夸特恩大概是想盡快將身體恢復原狀，所以又進入了冬眠狀態，畢竟只要採取任何行動都會減緩恢復的速度。」茉妮卡交叉雙臂，點點頭說：「應該沒什麼好擔心的。」

「那妳幹嘛提早把它叫起來？」我不解地問。

「唔……」茉妮卡別開視線，似乎打算迴避掉這個問題。

「算了，妳還是繼續說那兄妹倆的事情吧。」

「嘿嘿。」茉妮卡吐了吐舌頭之後說道：「總之呢，到紐約之後，第一件事就是找飯店下榻啦。我還特地吩咐梅杜莎找出一間可以避開宗介的旅館，好不容易才擺脫掉他的糾纏，結果在入住的時候正好碰見了撫子。」

「嗯？那妳們是怎麼認識的？」

「剛才不是提到宗介讓我看過撫子的照片嗎，雖然身上穿的衣服不一樣，不過我一眼就認出她，因為實在打扮得太可愛了，害我不小心叫了出來。」茉妮卡捧著臉頰說。

還真像是茉妮卡會做的事。

「後來，有位管家爺爺跑到我的房間來找我，請我過去撫子那邊一趟，結果就被她給纏上囉。」

「為什麼她會特意這麼做？」

「原本好像是想向我打聽宗介的消息，因為奪取那把刀的關係，她也躲得很辛苦。嗯……從結論上來說的話，宗介用來尋找撫子和看穿梅杜莎的是相同的能力，我想應該是像傳說中的千里眼那樣可以追蹤人吧。」

「……原來是千里眼。」我點點頭。「不過，既然有那樣的能力的話，她應該沒辦法逃脫才對吧？」

「嗯，這就跟撫子的影子有關了。你不也見識過那些鎖鍊的威力嗎？只要撫子有心，在能力運作的時候被那些鎖鍊捆住，怎麼樣都逃不掉的喔。」

「原來如此……」我稍作思考，「不過，那時候撫子應該不知道妳也是使者吧？」

「嗯，其實是我自願幫她的。」茉妮卡無可奈何地說：「因為撫子看起來真的很可憐，而且又很可愛，實在讓人忍不住想出手幫她。」

「所以妳就藉著梅杜莎的力量，讓她可以逃過宗介的追蹤？」

「原先我也是這麼想的，不過，沒想到後來會被撫子纏上，早知道那時候就應該先問問梅杜莎。」

嗯……雖然並不是說不過去，但我總覺得其中有些矛盾感。

依照茉妮卡的說法，她離開英國的原因是要逃走，也就是說，那時候就已經有人知曉了茉妮卡的力量，所以想要延攬她、或者是強制她使用能力。

茉妮卡是為了尋找「安全的地方」，所以才會找到我身上來。

而且在英國的時候她就曾經和暮綾姊見過面。

「到這裡來之前妳都是和入來院撫子住在一起？」

「是啊，因為要來這裡找守人你，所以我還是不得不拋下撫子囉。」

「別說得那麼曖昧好嗎。」我嘆了口氣，「話說回來，既然梅杜莎這麼神通廣大，那讓她把那個殺人魔找出來不就好了？」

「嘖嘖嘖……」茉妮卡搖搖手指，擺出一副我什麼都不懂的表情。「這個手段我早就已經嘗試過了。」

「結果呢？」

「結論是……那陣霧具有物理干涉的能力。也就是說，只要不想辦法驅散那陣霧的話，就算是梅杜莎也無法推算出犯人的真實身分。」

「物理干涉……？」

「除了霧氣本身的性質之外，那陣霧還有遮斷人類感官的特性。」茉妮卡杏眼圓睜，伸出手指指向自己的瞳孔。「你也知道梅杜莎的情報源是來自於我，因此，如果那陣霧真的如我所說，能夠封鎖使者本體的情報的話，就算是梅杜莎也無法發揮。除非……」

「除非？」

「除非讓我親眼目睹那個犯人啊，我想來想去，只有這個方案比較有實現的可能性。只要我能親眼看見，應該或多或少都能得到一些有用的資訊才對。」

「玄瞿哥肯答應妳嗎？」

「當然是被否決囉。」茉妮卡聳聳肩膀，端起瓷杯啜了口紅茶，然後再度揚起眉睫。「對了，你剛才說那個犯人打電話給你做什麼？」

我走在清爽無人的街道上，幾輛汽車光鮮閃亮的鈑金烤漆上照映著天空，反射出各種顏色，變形的雲以極小的幅度緩緩變化。

茉妮卡跟在我身後，正朝著月樓前進。

入秋的微涼氣候舒適宜人，彷彿連空氣都變得無比澄清。如果沒有遇上這些麻煩事，就是個美好的週末午後，這種天氣應該在房間裡打電動才符合我的處世風格。

月樓前庭蕭瑟，土壤變成乾涸的黃，似乎就連盆栽看起來也有些失色。門上的掛牌被翻到休息的那一面，客人應該早已離開。

我推開門，上面的門鈴清脆地搖響，月樓裡面寂靜無聲，不過我知道那是因為突然有人造訪而瞬間停止交談的靜謐。

我回過頭，看見茉妮卡輕輕帶上門之後才踏出玄關。

三個人分別坐在中央六人座席的兩側。

趙玄瞿穿著平時的接待用服裝，一手按在桌上，另一隻手按上椅背，膝蓋微曲，因為聽見我們進來的聲響正準備站起身來的樣子。一看見我的臉，趙玄罌的表情旋即鬆懈下來，微微彎起他的唇瓣。

「守人，你怎麼突然過來了？還有茉妮卡。」

坐在他對側的兩人也同時間轉過頭，將視線移過來。

翁子園目光慵懶，眼珠旋轉的角度比擺動頸子還要大，導致她的表情看起來十分不友善，像是在斜睨……不，壓根就是斜睨吧！她還是一如往常地穿著烏漆抹黑的騎士衣，長髮如同最高級的墨水般傾洩而下。衣領之上露出的雪白肌膚連同那抹唇色，被襯得更加白皙眩目。

而由她身側投來的，則是猶如烈火般熊熊焚燒的視線。

李彥丞雙臂在胸前交叉，還是一副怒髮衝冠的模樣，那對眼瞳中的熾烈永遠都不會熄滅似的閃閃發光。

雖然不明顯，李彥丞不快的哼氣聲還是穿透靜默，鳴響我的鼓膜。

「我有重要的事情必須跟你說。」我打破沉默，回應趙玄罌的問題。

「原來你們也在呀！」

茉妮卡溜過我身旁，神情愉快地對著翁子園彎起嘴唇。我總覺得茉妮卡對這個酷酷的學姐抱持著某種好感，或者該說是茉妮卡伺機找尋親近她的機會？不管翁子園的臉色再怎麼臭，茉妮卡看見她的時候總是會露出笑容。

「只是來談點事情，馬上就會離開。」翁子園淡淡地說。

「不……等等，你們真的要退出？」趙玄罌語氣有些著急地問道。

翁子園閉上眼睛，堅定地點了點頭之後，再度銜上趙玄罌的視線。

「這個案件我們實在無能為力，你再多花錢僱用我們也是徒勞無功。先前工作的酬勞我當然不會拒絕，但是收了你的錢卻幫不上忙，我們也沒辦法厚著臉皮繼續做下去。」

「是嗎……」趙玄罌垂下頭，落坐在椅子上。他抬起頭看了我和茉妮卡一眼，招呼我們入座。

我張望四周，沒看見小明，只好有些猶豫地抓了張椅子坐下。

「我當初僱用你們並不單純只是為了對付特定目標，只是希望你們能夠暫代空缺，協助我維持這個地區的安寧。就算你們對於那霧使者束手無策，我也不希望你們退出。」在我們入座的時間內，趙玄罌也沒有停止對話。

他目光懇切地望著翁子園，眉間微微地擠出皺紋。

「況且，那人可不是想抓就抓得到的角色。」翁子園漠然嘆氣。

「我們可是各種方法都試過了唷，但是就算搜索一整夜也完全沒辦法找到任何蛛絲馬跡，簡直像是和霧合而為一似的。明明腦海中有好幾次浮現出他就在唾手可及的地方，卻什麼也搆不著。眼前閃過去的人影也無法辨明究竟是什麼人，更別說那些大開巡邏燈的蠢警察，好像怕凶手不知道他們所在位置似的。」

「你們……竟然找了一整夜啊？」我有點訝異地說。

「是啊，都不知道究竟是在找凶手還是在躲警察呢。」翁子園用眼角餘光瞄了我一眼，十分平淡地說。

李彥丞則是狠狠地瞪過來……嗯，他平常就是這副德性。

的確，這兩個人要是大半夜騎著重型機車在街巷裡亂竄，不被警察攔下來盤問才怪。

「我並不是不想幫你，只是覺得繼續在這個事件上鑽牛角尖沒有任何意義，找出凶手的工作交給警察不是比較輕鬆嗎？」

「可是……」趙玄嚣欲言又止。

「而且，如果這個事件的犯人不是影子使者的話，你也不會有想要追捕他的念頭不是嗎？」

「不過，那個人確實是影子使者噢。」茉妮卡突然插嘴。不只是翁子圉，在場的人包含我在內，都望向坐在翁子圉右側的茉妮卡。

「是啊。」趙玄嚣喟然一笑，「所以沒辦法就這樣坐視不管。」

「是嗎？」

翁子圉雙手輕按桌面，倏地起身。

「我們也該走了。」她揚起美麗的下巴線條，像是在指揮李彥丞似的讓他從座位上起來。這應該只是我的錯覺吧？

趙玄嚣放鬆肩膀，將身體靠向椅背。等到他準備送兩人離開的時候我才開口說道：「今天早上，我接到那個殺手打來的電話了。」

除了早已知曉此事，雙手托腮撐在桌上，一副若無其事的茉妮卡之外，其餘三人紛紛朝我投來不解的眼神。

「你說什麼？」李彥丞睨著我，語氣中微微蘊著怒氣。

「今天早上犯人打了通電話到我家來。」我說。

原本走在前頭的翁子圉推開李彥丞的肩膀，轉而靠向比較接近我的位置，和我四目交接。「你看起來不像是會開這種玩笑的人。」她說。

「我不是在開玩笑啊。」

「有什麼證明嗎？」

我歪下肩，露出脖子右側包紮的膠布。

「知道這個傷口的，除了我們之外也只有那個攻擊我的殺手而已。你們應該也還不知道我這個傷是怎麼來的吧？」

「你和那殺手接觸了，而且還受到他的攻擊？」雖然表情沒有很大的情緒起伏，翁子囷的聲音還是壓不住疑惑。

「嗯。」我點點頭。

「……為什麼他會知道你家裡的電話號碼呢？」

趙玄罌雙眼在眼鏡後方瞇成了一條線。

「話說回來，就連我也不知道你家的電話呢。」

「這我也不清楚。」我搖頭，「不過我想他八成就是犯人。」

「他說了些什麼？」

「他說……」我嚥下唾液，將嘴巴的顫抖壓下。「要我們別再繼續找他了。」

「就這樣？還有其他的嗎？」

趙玄罌追問。

「他希望我們可以交出一份名單，只要是在名單上的人，他會盡量避開。這是他提出來的交換條件。」

鴉雀無聲。

李彥丞率先打破沉默，隱隱哼笑起來。笑聲逐漸變大，隨著他臉部肌肉的扭曲化而笑得越來越誇張。即使翁子團已經開始瞪他也沒有罷休的意思。他的笑聲覆蓋過月樓裡的一切聲音，彷彿直接面對著犯人、對他的宣言嗤之以鼻般發出張狂的笑聲。

「我會宰了他。」

笑聲停止之後，我聽見李彥丞緊捏拳骨所發出的喀喀聲。他轉過身，以大跨步逕自朝大門踏去，連翁子團出聲喊他也沒有停止腳步。

翁子團眉頭微蹙，快速地瞄了我一眼，再見也沒說便匆匆跟在李彥丞的身後追了出去，表情簡直就像被盛怒的大型犬拖著跑的女主人似的。

「他真的提出這種要求？」

趙玄罌微微仰頭，看著天花板，隨即又落下來。

我轉過頭來，正視他的視線。

「嗯。」我以肯定的語氣回應。

「你答應他了？」

「我本來是想臭罵他一頓之後斷然拒絕的，但這是好不容易送上來的線索對吧，要是放掉的話不是太可惜了嗎？」

「沒錯。」趙玄罌滿意地點點頭。

「所以我就姑且答應他，而他也作了期間內不會動手殺人的承諾。」

「唔……？」喉嚨內發出疑惑的聲音，趙玄罌皺眉。「這段期間內是什麼意思？」

「他給我們一個禮拜的時間。」

「這樣啊……還真是寬裕呢。不過你不覺得好奇嗎，究竟他是怎麼知道守人你家的電話號碼呢？」

「我也很好奇啊，所以就直接問他，但是他不肯說我也無從得知。」

「你家裡的電話應該不常用吧。」

除了留作緊急聯絡電話之外根本就只是裝飾品。

先前應該也說過，暮綾姊和我平時幾乎都是用手機聯絡，反正網內互打免費，何必撥家用電話呢？所以除了學校的通訊錄之外，我沒有在其他地方留下這支號碼。

「我想，那個使者應該認識守人吧？」原本安靜的茉妮卡突然開口：「就算不認識，應該也在某種程度上和你有所牽連噢。」

「妳說是這麼說，但我一時之間也想不出來啊！」

我的腦海內突然閃過一個可怕的念頭。

既然我將號碼留在學校的通訊錄中，那麼犯人很有可能就是班上的同學？或者是授課老師？如果犯人有心要聯絡我的話，也有可能是他們的家人之類、能夠輕鬆地獲得資訊的人。

「賓果！」茉妮卡笑嘻嘻地用食指對我發射子彈。

雖然無法完全排除其他的可能性，不過學校相關人士的嫌疑確實提高了。

「看來嫌疑圈已經縮小不少了吧？」趙玄罌說。

我和茉妮卡同時點頭。

「不過，我想這是沒有用的，就算把範圍侷限在學校內，人數還是太多了。在沒有確切證據的情況下，要徹底清查是不可能的事情。」

宛如洞悉了我的想法，趙玄罌在腦中迅速完成正確推理，擅自下了註腳。

「……應該是這樣沒錯吧？」他有點不太確定地問。

「賓果！」

這次無形子彈打向了趙玄罌。茱妮卡突然變成了雙槍女俠。

「總之呢……與其繼續推敲犯人的身分，不如開始計劃應對的戰略來得有效率。」趙玄罌緩緩移動身體，裝模作樣地避開不存在的虛擬彈道。

「說的也是。」茱妮卡附和。

「一週的時間也足夠讓我進行模擬，現在的問題是……他有說要怎麼把名單交給他嗎？」

「這倒是沒說，他只說下個禮拜天會主動聯絡我。」我說。

「嗯……果然相當謹慎。」

趙玄罌捂著唇，手套的白看起來十分顯眼。他雙眼微微瞇起，半圓的瞳孔在睫毛下緩速游移。

「……還是只剩下包圍網這招。」

「包圍網？」

「簡單來說的話，就是確定地點之後，用大規模的人數守住目標附近的所有道路，如此一來就算要溜走也沒那麼容易。一旦抓住行徑路線之後就可以將犯人層層包圍起來，然後再把網子收緊。」

「這樣有什麼問題嗎？」

「問題嘛……我們可沒那麼多人手啊。就算是警察也很難進行這種拘捕行動，更何況是我們呢？而且，就算警察願意進行包圍，也沒辦法查出到底誰才是真正的犯人。除非在和他接觸的同時展開包圍，否則很難達成吶。」

「是嗎……」

「如果把所有人都算進來，我們五人，頂多再加上李彥丞和翁子園，也就是七個人。這樣的人數，必須精準地抓住犯人移動的範圍才有機會逮到他。」趙玄嚳咋舌。

「不過除了這種很沒效率的窮舉法之外，我也想不出其他辦法了。」

茉妮卡微微側首，像是突然想起什麼似地說：

「宗介他說願意幫我們呢。」

那個瞬間，趙玄嚳的臉上流露出一種非常怪異的表情。要說是笑嗎？應該說除了笑之外也沒有其他的字眼能夠形容那個表情，但是表情的內側卻沒有任何支撐的情感，不如說是他的臉皮抽動了一下，而結果正好是微笑的樣子罷了。

現在回想起來，我也不是第一次見到他露出這樣的表情。

十足的演技派。

「那麼，請務必讓他們幫忙。」趙玄嚳說。

ch3.

顫音的蝕刻

在那之後，日子平順地過了三天。

如同那犯人的約定，報紙新聞上沒有出現任何新的犧牲者，看起來也不像是特意隱匿了犯案。趙玄罌的眼睛依然監視著附近街巷和其餘的區域，至少這幾天沒有發生詭異的濃霧氣候。

天氣開始變涼。

學校裡面依舊人心惶惶。雖然犯人沒有繼續犯案，也沒人膽敢鬆懈下來。學校老師們甚至比學生更為緊張，尤其是女老師。和學生比起來，反倒是老師更容易成為犯人的目標。媒體給犯人冠上許多封號；刺殺魔、開喉手，甚至也有人大膽地直接稱他為開膛手傑克，並且針對他的行凶手法進行自以為深入的精神剖析，和開膛手傑克逐一比較。暮綾姊昨晚不屑地嗤笑，卻配著下酒菜看電視胡說八道看得很開心唉。

放學之後，我照樣陪著小明回月樓。

不知不覺就養成了習慣，現在臨時叫我直接回家感覺也有點怪怪的。

我們混在放學的人潮中一起走出校舍，大批家長仍舊圍攏在校門口鼎沸喧鬧，混雜著汽機車的聲音，聽起來格外刺耳。

「啊。」

離開校門的時候，小明似乎看見了認識的人，朝著不遠處微微點了點頭。

我順著她面對的方向望去，看見詹秋韻的哥哥正安穩地坐在機車上朝我們頷首，臉上露出淡淡的笑容。偉士牌恰巧停在我們行經的路線旁，於是小明相當自然地走過去和他打招呼。

「小韻她沒和你們一起出來嗎？」他看著逐漸靠近的我們，用十分沉穩的語氣問道。

「還沒噢，她似乎有事情去找老師一趟，應該很快就會出來了。」小明解釋。

「這樣啊，我知道了。」

他再度微笑。

「詹大哥，拜拜。」小明說。

「嗯，你們路上也要小心喔。」

然後他便朝我望來，眼神就那樣直溜溜、毫無掩飾地盯著我瞧。

「再見。」他與我四目相接，柔和地說。

「嗯。」

等到小明走到我身旁，我才慢慢轉身撇開視線，頭也不回，讓他的身影完全從視野中消失。儘管如此，卻還是依然有種搔癢似的異物感壓在我的頸後。我跟在小明旁邊，離開水洩不通的車陣之後驀然回頭，詹秋韻的哥哥不知何時已經別過視線，將安全帽捧在懷中，繼續維持著等待的姿態。

「怎麼了嗎？」小明盯著我，有些迷惑地問。

「……沒什麼。」

我把頭轉回前方，將手掌枕在頸後。

走在人行道上的學生並不多，大部分都被前來的家長給載走，少數人則和我們一樣結伴而行。在轉入直通月樓的小路之後，原本就不是很多人行走的路線，周圍一下子變得冷清起來。

小明猛然仰頭。

眼睛像是在捕捉某種飄浮在空氣中，肉眼無法直視的東西似的，她快速地移動視線。鼻子急促地嗅著，隨著頸子呼吸抽動。

「你有聞到奇怪的味道嗎？」

她的眼睛微微上吊，語氣朦朧地問。

「沒有啊。」

我隨著她的動作，朝周圍深深吸氣。

「好像是鐵鏽的味道……是血的味道……！」小明眉頭深鎖，回頭朝向後方的巷弄跑去。沿著那條巷子走的話，立刻就會進入附近的住宅區。我追了上去，而小明在抵達巷子口的時候頓下腳步。

街景在不遠處變得模糊不清。

所有的色彩被蒙上一層淡薄的灰，無論是少許的綠意還是突出街道的鮮豔招牌都變得黯然失色。街口彷彿被劃下界線一般，霧明確地在某個不可視的範圍內停止蔓延。

我深深地倒抽口氣。

這是怎麼回事？怒意和驚愕讓我忍不住緊咬臼齒。是那個傢伙！這種奇怪的感覺絕對不會錯。小明似乎也察覺到霧的異常性，呼吸變得沉重而緩慢。她直勾勾地瞪視著融化般的街道盡頭，看起來像是在壓抑自己，身體正在微微發顫。

「怎麼辦？」我說。

「有很濃的血腥味從那裡面傳出來。」她說完之後，喉嚨間響起輕嚥唾液的咕嘟聲。「你想放著不管嗎？」

我搖搖頭。

小明率先踏出步伐，朝著那頭的霧氣前進。

周遭安靜得不可思議。我們繼續深入，然後立刻被霧氣纏上身體。視線一下子變得模糊起來，和先前隔著一段距離的狀態不同，眼前頓時陷入一片混濁。

「……在這邊！」

小明持續嗅動著鼻子，臉孔變得有些朦朧，我們維持著觸手可及的距離在充滿霧氣的巷道內進行探索。

過了不久，小明在一處暗巷前停止腳步。

她伸手捂住鼻腔，呼吸變得非常不順暢。這裡的霧氣並不算特別濃厚，也還不至於到足以影響呼吸的程度，但是那股微妙的氣味連我也能夠聞到。

我和小明互望一眼，彼此點了點頭，然後依靠著默契同時轉入暗巷裡。

鹹腥的氣息撲鼻而來。

暗巷裡幾乎照不到陽光，加上瀰漫著霧氣，內部變得十分陰暗，視線看不清盡頭。寬度勉強能夠讓兩個人比肩齊行。

越走向深處，味道就變得更加厚重，強烈地刺激著呼吸道。

我伸出手，按住小明的肩膀，她的身體像小動物一般快速地起伏著。小明轉過頭來，臉上的表情如我所料。

我們都已經預見到前方會出現什麼樣的東西。

但是，說不定犯人還藏身在暗巷內，如果不繼續前進的話，就會白白喪失了逮住他的機會。小明右臂發生變化，黑影纏上她的手腕，從手肘開始包覆到指尖，轉眼間就變成鋒利的獸爪。

我集中精神，再度以眼神向她確認。她朝我點點頭。

事到如今，也已經不能後退了。

我屏住呼吸，緩緩向前。腳下原本乾燥而布滿塵土的地面突然變得濕潤起來，我本能地退了一步，卻連自己的腳下也看不清楚。

有種深色的液體正緩緩地從黑暗中流出。我避開那股觸感，企圖看清前方。小明左手捏著鼻子，將爪子伸向前。

一雙腿從那深色的液體上浮出來。我將視線向前方延伸，出現大腿和膝蓋的交界處，再往上則變成早已被鮮血染得一片赤紅的制服。書包落在一旁，底部被湧出的血液浸溼，就連兩側的牆也濺上了不少血跡。

「嗚嘔……」小明發出噁心的悲鳴。

在這樣的環境下，她那敏銳的嗅覺反而變成負擔。

穿著制服的女孩俯臥在血泊中，大量的深紅血液從她的喉間汩汩淌出，在她逐漸失溫的身體下形成一灘淺池。她的頭髮被濃稠的血咬得糾結不堪，散亂在慘白的臉龐之上，胸口早已失去起伏。

我抓著小明僵硬的肩膀，勉強將她向後拖行。

她面無血色地看著我，隨即又發出反胃的聲響。

「犯人應該還在附近。」我說，頭腦裡卻一陣暈眩。那是貨真價實的屍體沒錯吧？我踩到的液體應該是血，原來人的身體裡真的能夠流出那麼多血嗎？我突然發出一陣像是胃從身體內側被揪緊的劇烈乾嘔。

身後出現了異樣感。

我轉過身，看見小明產生了變化。

一圈黑影沿著她的身體輪廓浮起，猶如熊熊燃燒的火焰般冉冉捲曲，小明渾身顫抖。那並非因為恐懼，而是由於巨大憤怒所引發的本能性的顫動。

她弓起腰，右腕猙獰地膨脹著，喪失了纖細感，筋肉猛烈地隆起。

我伸出雙手，壓住她的肩膀。

「喂——冷靜點！」

我對著她叫道。

小明抬起頭，表情從極度的怒意變為茫然，瞳孔內聚集的異樣光芒渙散消失。身體周遭毛髮般的黑影逐漸褪下之後，原本像是貓一般膨脹身體的氣勢急遽削弱。

「那個人……身上穿的是我們學校的制服對吧？」她揪住自己的衣角。

「應該沒錯。」

「接下來該怎麼辦？」

她似乎已經冷靜下來，呼吸變得和緩。

「我想……還是先通知玄罌哥再說。」

「等到其他人過來，不就又讓他逃走了嗎？」她說。

按在她肩膀上的手掌不自覺地施加力道，我和小明四目相交，她毫無退意，眼瞳的深處好像正在燃燒似的閃閃發亮。

我鬆開手，轉移視線。

「光憑我們兩個找不出那個傢伙！」我咬著牙，「我也想抓住他啊！可是……妳不也很清楚在這陣霧中我們的力量根本無法發揮出來。」

「連夸特恩也無能為力嗎？」

「那個傢伙連理都不理我。」

我賭氣地在心中暗自臭罵。該死！明明是這種緊要關頭卻派不上用場，實在有夠沒用。

倏地，因為霧氣籠罩而變成淺灰色、如同高硬度鉛筆色調般的影子從我的腳邊突起。就像有某種東西企圖從那裡面刺穿似的，包裹在那物體上的灰影迅速變得服貼，從無形之物變化成接近手臂的形狀。

鍍上金屬的色彩之後，我才認出那是夸特恩的手臂。

「……夸特恩？」

我出聲問道，卻沒有傳回任何答覆。

漆黑的鋼鐵手指艱難地顫抖，進行機械式的生硬活動。下個瞬間，夸特恩的手臂猛然抓向旁邊的混凝土牆。牆壁崩出裂縫，碎土沙沙地落到地面，夸特恩的手指沒入牆中，似乎捏住了什麼。

夸特恩將裡面的東西輕輕摘了出來。

那是一顆棒球大小的球體。

由灰色的混凝土構成，表面光滑、幾近完美的球體。

簡直如同在最初灌漿的時候被混進去，獨立於整個結構之外。

夸特恩的手臂朝我旋轉過來，讓那顆球落入我的手中，消逝的時候，模糊化的金屬表皮在霧氣中閃出了晦澀的藍色光芒。

我不明就裡地瞪著手中的混凝土球，為什麼夸特恩要特地挖出這顆球給我呢？到底想讓我做些什麼？

「剛才……那是怎麼回事？」小明走近我身旁，怔怔地問道。

我正想說我自己也不曉得是怎麼回事，但一個轉念，旋即知曉了夸特恩的用意。我緊緊握著沾滿粉塵的混凝土球，在手上掂了掂重量，微微向上拋起，扎實的沉重感透過掌心傳回。和棒球比較起來重了許多。

我抬頭望著一片霧茫的天空，即將黯淡下來的霞光將霧的邊緣染出近乎透明的紫色，彩度正隨著時間逐漸收縮。

拋出這顆球的話，說不定能夠擊中犯人吧？

不，勢必要擊中才行。

夸特恩應該是想讓我這麼做沒錯。

概率的操縱。

我沒有解開小明的疑惑，閉上眼睛，像要將右手手指嵌入球體般緊緊捏握。這種時候應該要怎麼持球才好？

無關緊要。

沒有多餘的時間解釋，要是超出射程之外就沒有用了。

睜開雙眼，向前進行短衝刺，踮步之後使盡力氣將混凝土球朝著虛無的天空彼端擲出。

血液在離心力的作用下壓透到手指末端，一股刺麻感湧了出來。

球被我的指尖推離，在那抽捲之下急遽迴旋，宛如砲彈般射向天空的剎那發出了高周波的尖嘯，穿透底層霧氣。

在身體尚未恢復平衡之前，一道身影朝球體消失的方向竄了出去。我看見小明的雙腳像是彎刀般勾起，沿著建築物朦朧的輪廓以高速交錯，彈身飛躍，轉眼間就不見蹤影。我連忙踩穩腳步追上去。

雖是大略的方向，不過只要是特定一點的話就不會錯過。

以我現在的身體能力應該也能在屋頂上跳躍，但我自覺沒有小明那樣的動物野性和平衡感，於是作罷。

心無旁鶩，在迷霧中以高速奔跑。

隱約聽見一道模糊鈍重的微弱聲響穿入耳中。

擊中了嗎？

腦海中突然開始想像人體被從天而降的混凝土球擊中的畫面。

應該不至於死掉吧？只要沒命中頭部或要害的話。我暗自擔心。

「守人，在這裡！」

轉過街角之後，我聽見小明的聲音，於是加緊腳步衝了過去。

小明站在路旁，放低姿勢警戒周圍。那顆混凝土球就落在她的腳邊。我環顧四周，沒看見任何可疑的蹤跡。

我放慢速度走到她身旁，緩過一口氣。

球體擊中了旁邊的牆面，壁表明顯地凹陷下去，裂痕擴散開來，磁磚的碎片散在一旁。

「……可惡，沒打中嗎？」

「不，我想原本確實能夠打中他的。」小明蹲下身，撿起那顆幾乎潰散的混凝土球，看了一眼之後對我說：「你看這個痕跡。」

球的半邊因為撞擊的力道碎裂，已經不復完美的圓形，然而在側面卻出現了一道極為顯眼的不自然切痕。單從切口就能感受到那銳利度。

「這是……」

「我想應該是刀痕。」

「被他用刀子擋開了嗎？」我近乎反射地脫口而出：「這也太誇張了吧！」

「對方也不是一般人啊。」小明冰冷地說。

她說的沒錯。

或許是以刀刃劃開混凝土球落下的軌道，球體僅僅擦過刀身，改變方向之後，撞擊在大約大腿高度的牆壁上頭。

我所聽見的八成就是和牆壁碰撞的聲音。

霧氣在我們交談的時候逐漸散去，陽光也幾乎在同時間暗下。路燈尚未亮起，街道的景象恢復清晰的線條和固有色彩。我和小明互相望了一眼。

「還是先通知玄罌哥吧？」我說。

她看著我半晌，默不作聲，然後才幽幽開口說：「先通知警察好嗎？就算早一點也好，我不想讓她繼續躺在那種陰暗的角落了。」

我點了點頭。

警察以令人難以置信的效率抵達並且封鎖現場，同時也回收遺體，在我們離開的時候已經拉起鮮黃的封鎖線。消息沒有外流出去，至少那個當下沒有看見媒體記者出現。

由於是第一發現者，我和小明在趙玄嚳的看顧下一起到附近的警局進行筆錄。幸好趙玄嚳及時趕到現場，否則我還不知道該怎麼應付。

簡單的偵詢結束之後，為我們作筆錄的中年警察抬起頭，看著站在我們身後的趙玄嚳瞧。

「你是監護人？」

「是的。」趙玄嚳說。

「你看起來比我兒子還年輕。」他嘆了口氣，語調像是在發表感想。

離開警局，回到月樓之後，時間早已入夜。學校方面也接到警方的消息，傳來暫時停課的通知。導師打電話給班長之後，再分別由聯絡人一個個通知下去，因為我正好就在小明旁邊，自然就省去了通知我的功夫。

電話那頭傳來詹秋韻的聲音。雖然只能聽見隻字片語，還是能清楚感受到她語氣中微微的焦慮。

小明掛上電話之後，我向他們道別，一個人回家。

晚飯之後，他坐在沙發上看起電視。

為了隱藏手指發出的顫抖，他輕捏著褲管，將手指收在拇指之下。內心深處的那股衝動不知為何突然緩解，著實讓他鬆了口氣，也因此他才有閒情逸致看電視。僅僅忍耐了三天，殺意就如同盛滿的水杯般即將突破表面張力。

而現在卻莫名變得輕鬆。就像飢餓數日的人終於將少許食物吞入胃中，頭腦恢復精神，能夠專注思考。

電話響起，妹妹搶在其他人開始動作之前接起來。

從交談的語氣判斷，應該是學校老師吧？他暗自判斷。

「好，我知道了，老師再見。」

「學校打電話來？」母親問道。

「嗯。」

「什麼事情？」

「老師說學校暫時停課幾天，想請我幫忙聯絡其他同學。」

「好端端的怎麼會突然停課？」

「我也不知道。」妹妹眉間皺起，同樣滿腹疑惑。

他看著妹妹走上樓，到房間裡找出學校的通訊錄（他曾經偷偷找出來看過的那張），然後返回客廳，拿起電話，開始撥給她的同學們。

不愧是班長，他這樣想，然後很快地就對千篇一律的交談喪失興趣。他把注意力放回電視新聞上頭，正好看見主播以相當隱晦的播報方式向社會大眾暗示，今天下午連續刺殺女性的犯人再度犯案。

腦中一片空白，彷彿神經內的微弱電子訊號被遮斷，他呆滯地看完那則新聞。身體原本的微顫消失，取而代之的是深不見底的困惑，到底是怎麼回事？他倉皇無措地陷入迷忙之中。到底是怎麼回事？他又問了自己一次。

Copycat？模仿犯？

他確信自己絕對沒有犯下第十起案件。今天下午……自己明明什麼事也沒做，一如往常提早時間下班，到學校去等待妹妹放學，然後一起回家。除了有人模仿自己犯案這個選項之外，根本就沒有其他的可能。

他沉入漫長的思考當中。

連掩飾的餘力也沒有，他面無表情地站起身，離開客廳逕自上樓回到房間裡，甚至沒注意到家人是否有出聲叫他。鎖上門後，他打開收藏那把刀子的暗格。刀子安穩地躺在那裡，沒有被任何人發現，也和自己的記憶相符，沒有移動過的痕跡。

對於擺放物品的方式他並不講究，但要回憶上次的模樣也不困難。和昨夜確認過的一樣，自己沒有動過它。

肌肉變得緊繃，感覺心跳加速。

如果自己不是凶手，又會是誰幹的？

而且，該怎麼向王守人解釋這件事情呢？就算說第十起案件不是他犯下的，王守人應該也不可能相信吧。

他噗然一笑。

事到如今，還有人會相信他嗎？連自己都快要無法相信自己了啊。他取出獵刀，砰地一聲甩上暗格。他頹然坐到床邊，時間流逝，他打開桌上的閱讀燈。

額頭沁出汗液，他將臉埋進手掌之中。

頂著刀柄，堅硬的觸感按壓皮膚。刀柄逐漸變得溫暖，和他的手、額頭的皮膚溫度變得一致，冰冷緩緩褪去。

視線穿透指間的縫隙，他凝視著灰暗的光的邊緣。就那樣呆坐著，思考能力遭受超過自身理解能力的事件衝擊，陷入混亂狀態。

除了模仿犯之外沒有其他假設。

念頭湧現。

那麼，只要殺了他就好了吧。把模仿自己的那個傢伙找出來殺掉，覆蓋過去，事情不就解決了嗎？

——沒錯，只要這樣就沒問題了。

一道陌生的嗓音突然流入意識。他抬起臉，惶惶環顧四周。房間景物依舊，除了自己之外沒有其他人存在這個空間內。

他瞪著手中的獵刀。

刀身將窗外透進來的月光轉換成無機的冷冽光芒，將月光殘存的一絲溫度全部抹煞。手心滲出的些許汗水沾濕了刀柄，他調整手的姿勢，重新尋找握持的方法。

——依照你所想的去做就對了。

獵刀彷彿在讀取他的思緒，並且做出回應。聲音再度穿透空間，直接傳輸到他的腦海中。

手心一陣刺痛。

獵刀因為突如其來的痛覺離手，地面傳來金屬碰撞的聲響。他沒有因為恐懼反射而縮回腳，視線依然固定在自己的手掌中央。他觀察手心發出痛覺的所在。有個針尖般的黑色微點存在皮膚表面，必須仔細凝視才能看見。

沒有流血。

他迷茫地看著那黑點一段時間，然後移開視線，習慣性地伸出手，試圖撿起掉在地上的刀子。

「嗯？」聲帶不自覺地發出疑惑的震動。

木柄沒有任何突兀感。

那麼，那股刺痛究竟是從何而來？他以手指撫摸、以肉眼仔細確認，卻沒有發現異物，獵刀就像往常那樣完美無瑕。

刺痛感還在。然而，當手心皮膚貼上那微溫的木柄時，不快的感覺也隨之消失。

刀刃震顫。

——就是如此。

好似電流一般，低沉鈍重的音色再度竄入腦髓。他瞠圓雙眼，手裡的獵刀在震動，微弱卻真切地鼓盪著。那周波反覆嗡鳴，滲進骨頭之中，然後攀住脊髓，將聲音直接注入身體軸心。

骨骼、血液，甚至於腦漿都隨之捲動波湧。

他戰慄地露出微笑。

「你是誰？」他對獵刀問。

——愚蠢的問題。

「什麼意思？」

——我就是你……而你就是我啊。

——沒有什麼是不可能的。

「不……不可能。」

雖然表面上予以否決，但在內心深處卻依然抱持著疑惑。到底是自己的幻覺，還是這把刀真的在對自己說話？現在他無法給自己一個肯定的答案，不過……

當他如此思考的時候，視線的邊緣驟然扭曲，有如漣漪輕輕地在水面上滑開般，空間出現了難以察覺的歪斜。

他漠然看著眼前的變化。一具纖細嬌弱的形體從幽暗的角落裡走了出來；沒有任何根據，連那人形的面貌都無法看清，但他直覺那是女性。那形體朝他走近，腳步宛如飄浮在地板上，杳無聲息。

放下手掌，嘴唇微張，他詫異得擠不出一絲聲音。

即使如此，身體卻沒有任何恐懼，思緒恢復平靜。

瞬間，他全部都明白了。

眼前這具形體究竟是什麼；明明自己沒有出手，為什麼會出現受害者的原因也已經明瞭了。

——是的，那就是你的力量了。那聲音說。

氤氳霧氣纏繞在那纖瘦的形體之上，像一件透明的紗白連身裙般將輪廓模糊化。即使近至眼前，他也看不清那形體的面容，漆黑的指關節像黑曜石一樣尖銳地突起。

她向他伸出手，將那刺蝟般的小巧拳心遞到他面前。

他注視著那隻手腕半晌，然後伸出自己握著獵刀的手掌，溫柔地覆蓋上去。
尖刺戳刺他的血肉，沒有遺留下任何痛楚。
銳利的鋒刃填在那掌心之中，從兩頭冒出，在末端繪出懾人的曲線。
他永遠也忘不了那彎曲的弧度。
他與她的手掌在黑暗中融化重合，握住那位在他們手心、殘酷得讓人無法移開雙眼的那柄利刃。
沒有抗拒的理由。
——就這樣繼續下去吧，繼續揮動你的刀刃。舞吧。
——「蜃樓（Mirage）」。
刀刃的殘響縈繞在空氣中，他的眼中已經容不下其他事物。
「好美……！」他發出無庸置疑的讚嘆。
——是的，美極了。
他聽見那聲音說。

隔天，他依照生理時鐘，在慣常的時間醒來。
午間休息的空檔，他騎車到離工作地點有段距離的公共電話，撥給王守人。他並不擔心沒有人接，既然學校已經停課，他沒有理由不在家。
更何況，「蜃樓」所犯下的那個案件，肯定會激怒他。
鈴聲以規律的節奏響起，重複三次之後，接通。

「……」

耳邊傳來呼吸與話筒摩擦的微弱聲響，幾乎從那聲音就可以判斷出對方憤怒的程度。他的表情沒有出現變化，卻在心中笑了出來。

「是我。」

「我真搞不懂，自己為什麼會相信你這種心理變態的傢伙？」

「抱歉。」

「現在對我說抱歉有個屁用！」

「那是意外，我現在也只能這麼解釋。」

「意外？你以為事到如今我還會相信你嗎？」

他將話筒從耳邊拉開些距離。

「我沒有不負責任的意思，為了遵守和你的約定，我本來不打算殺人的。那是純粹的意外事件，意外你懂嗎？意料之外，連我自己都沒想到會發生這樣的事情。儘管如此，我還是必須承認那是我的過失，你能夠接受嗎？」

當然不能吧。但王守人卻說出了令他詫異的答覆。

「名單……還在準備。」

「噢？」

「還是在約定的時間給你嗎？」

「嗯。」

對方切斷電話，聽筒中不停傳來間歇性的空虛聲響。他將手上的話筒掛回去，然後騎上機車離開那兒。

果然是準備佈下陷阱吧。他微笑。

那傢伙所殺死的是三年級的學姐。

掛斷電話之後，我用手機撥給趙玄罌。

「就像你說的，他果然打電話過來了。」

「是嗎？」

雖然是疑問句，不過趙玄罌早已預料到這點，因此他要我今天在家裡留守，好好等待犯人的電話上門。

「接下來該怎麼辦？」

「除了按照原定計畫進行之外也沒有其他辦法。」他長嘆一聲。

「他應該沒有改變主意，放棄交涉吧？」

「沒有。」我說。

「……既然如此，他要不是真的很蠢，就是已經猜出我們的意圖，這麼顯而易見的圈套，他沒道理看不出來。」

「那他為什麼不乾脆取消這個提議就好了？」

「嗯……有兩種可能性。」趙玄罌稍稍停頓，然後繼續說：「第一種，他對自己很有信心，認為我們不可能有辦法抓住他。第二種，他對自己非常有信心，想將計就計，把我們通通幹掉。我或許說得有點誇張。」

「是嗎……」

「你已經下定決心了嗎？」

「嗯，請讓我參加。」

「好吧。」他嘆息似地說。「不過，自己的安全優先，懂嗎？」

「我知道。」

「既然你參加的話，我也沒理由拒絕禘明了。」他說。

「抱歉，又給你添麻煩。」

「別這麼說。這次的敵人說起來也十分棘手，雖然不是人多就能夠對付的類型，不過我還是很慶幸有你們幫忙。」

「你也打算找入來院宗介過來嗎？」

「如果可以的話，我當然希望能得到他的協助，而且茉妮卡似乎覺得他有破除那陣迷霧的力量。」

「玄罌哥，你相信那個人？」

「要說信任或不信任的話，目前沒有不信任的理由。」他推了推眼鏡，意味深長地說。

「我覺得那個人很危險。」

「那是你的直覺？」

「我不知道該怎麼解釋，要說是直覺的話我也無法否認。不過，玄罌哥你應該也很清楚我為什麼會這麼說吧？」

「嗯，你說的確實沒錯。更精確地說的話，許多使者都像入來院宗介一樣危險，你能夠體悟到這點就已經足夠了。這樣的直覺性非常重要，像茉妮卡就已經太依賴梅杜莎的計算能力，而失去了那種敏銳度。」

「我看她平常就是那副少根筋的德性。」

「哈哈哈！」笑完之後，趙玄嚳在電話那頭輕輕地咳了幾聲。「總之，暫時只能先這樣了，接下來只能等凶手的聯絡。老實說，他如果真要繼續犯案，我們也莫可奈何。」

「嗯……」

「好了，先聊到這兒吧。」

「再見。」

「對了，」他欲言又止，短暫的沉默之後，他幽幽地說：「永遠不要小看敵人，永遠不要。」

趙玄嚳切斷電話。

接下來幾天，電視上沒有再度傳出事件的消息，關於事件本身的討論卻沒有休止下來，沸沸揚揚地播報到讓人感到厭煩的地步。

暮綾姊依舊滿不在乎地出門工作，這個世界上好像沒有太多事情可以讓她停下來似的。我待在家裡哪裡也沒去，按照趙玄嚳的指示等著凶手的電話。

社會也就是這麼回事吧。像機器一般冷漠，卻又必須彼此緊密地互相依靠才得以順利運作下去，每個人都各司其職，不會因為十位女性被襲擊死去就停擺。

每天都有數不清的人死去，相較之下一個殺人凶手根本算不了什麼，只要別發生在自己身邊就好了。

最值得同情的或許是那些忙得焦頭爛額的警察。

星期天的下午，我終於接到他的電話。

「是我，你們準備好了嗎？」他平淡地開口。

「……好了。」

「你有手機嗎？」

我說出號碼。

「之後我會打這支號碼聯絡。」他說出時間和地點，「希望你別讓我失望，王守人。」

晚上九點。

我獨自站在約定好的地點，明明夜色未深，遙遠的城市燈火還照亮著另一頭的夜空，但這舊住宅區的街道卻早已陷入一片寂靜。因為居住人口不多，大多的窗戶都一片漆黑，沒有點亮任何光線。

我環顧周圍，幾戶住家遮掩的窗簾內各自透出稀薄的光源，然而街道上卻杳無人煙，聲音以幾近冷酷的方式被抹去。

手中的信封被內容物充塞，微微膨脹。那裡面裝著一疊仔細折好的影印紙，上面當然什麼也沒印，只是一疊毫無汙點的白紙。

趙玄嚳說，再怎麼樣也不可能把那些資料交給一個危險人物，要是交出去的話，豈不是所有要害都被他掌握了嗎。雖然能夠理解，不過我還是搞不懂一件事，那就是為什麼要特別準備這麼一只信封。

手機響起，電子鈴聲在一片靜謐之中顯得格外刺耳。

從口袋裡拿出手機，點亮畫面，是個從沒見過的陌生號碼。

「晚安。」他說。

「我已經到了，你人呢？」

「不用那麼心急，王守人。」他聲音裡有著笑意。

「約好的時間是九點，你已經遲到了。」

「我說了，別那麼心急。你先順來的方向走到下一個十字路口。」

果然，如同趙玄嚳預料的，這只是個「暫時」的指定地點。就像警匪電影裡面，贖金交易的時候犯人總是會來的那套，我依照他指示的方向前進。我將手機舉在耳邊，朝著視線不遠處無人的十字路口走去。

我將注意力轉向左側。

霧填滿了那條街。

宛如神明繞境時燃放的鞭炮煙幕般，灰暗的霧幾乎將所有色彩抹去，然後鍍上無機質的灰，隨著建築物劃出的境界線蔓延而上。與那不同的是，既沒有火光，也沒有爆破的聲響，乾燥刺鼻的硝煙味也不存在。取而代之的是濕潤而且重得叫人窒息的水氣。

「接下來，你知道往哪個方向走吧？」

「……嗯。」

「我會在裡面等你，請邁開步伐。」

於是我走進那如同熱帶祕境般的霧中。

心跳數隨著逐漸深入節節升高，視野僅維持在能夠依靠光影辨明周遭景物距離的程度，我以穩定的速度走過一個小街廓，然後耳邊傳來轉向的告知。

「請右轉。」他像汽車導航裝置般精準地抓住時機發出指令。

趙玄嚳的預測沒有錯。

因此我身上身上被事先安置了「監視眼」。

除了我之外，小明和另外兩人身上也都裝上了「監視眼」，用來掌握目前的位置。現在他們三人應該分別在我的附近徘徊，聽從「指揮塔」的號令。

「指揮塔」包含趙玄嚳和茉妮卡，他們躲在不遠處的天臺上監視，雖然感覺起來似乎是不太可靠的組合，不過也沒什麼能抱怨。

電話那頭持續傳來指示。轉過幾個彎後，在詭譎不明的霧中幾乎要失去方向感，馬路變得漫無邊際，沒有盡頭。

呼吸的時候，空氣黏稠得簡直教人喘不過氣。

一開始還能推想出自己所在的位置，不過現在已經做不到了。依靠監視眼勉強觀察環境的趙玄嚳用地圖和移動速度來推估正確的位置，然後由茉妮卡的連線感應作中繼站。當我與犯人接觸的時候，就算地點再怎麼不利，最多也就是四向路徑的十字路口，如此一來只要有四個人就足以封鎖所有的逃脫路線。

只不過是預定計畫。

實際上我們連敵人的能力都還沒摸透，相對來說，對方也是冒著相同的風險，而且單就局勢上是壓倒性的不利。也就是說，他對自己的能力抱持異常自信。

持續前進，終於感覺到前方浮現迥異的氛圍。

那道身影並不引人注目，如果不是恰巧站立在視覺焦點，或許從自己身邊走過也難以察覺。我停下步伐，望向那人影。

看不出上半身的輪廓，嗯，應該說因為穿著連帽外套之類的東西，頭部的線條變成稜角狀，斜斜地從兩肩切下。身體的部分被手擴張，巧妙地膨脹起來。

「讓你走這麼遠，真是抱歉。」

明明近在咫尺，他的聲音卻如同從遠處的洞窟中傳來般模糊。

「東西帶來了的話，就交給我吧。」

黑影沒有展開行動，動也不動地站在原處，等待我的回應。

我走到他面前，保持適當距離，將手中那只空白的信封遞出去。

指尖傳來微妙的拉扯感，我鬆開手，那信封立刻隱沒在灰暗的虛空之間。

「雖然很想相信你們，不過我猜裡面應該什麼也沒寫吧？家人的資料。」

「……是啊。」

「你是個誠實的人，應該是別人出的主意吧。不過，我打從一開始就沒想到你們會接受我的提議。」

「沒人會將那些情報洩漏給你吧！」

「嗯，把自己重視的人的資料交給殺人魔，這種選擇根本不符合正常人的思維。」

空氣響起沉鈍的紙張拍擊聲。

「一開始就沒打算和我妥協嗎？除了你之外……還有三個人啊。是為了抓住我而特地找來的人嗎？雖然不知道你們到底是怎麼進行協調，不過判斷還真是迅速呢，是合作默契嗎？」

啪嚓——沙沙沙——

黑影緩慢地蠕動，朦朧隱約的雙手將信封撕裂。

「從頭到尾都是陷阱。」他說。

「啊啊，是陷阱沒錯。」我咬著牙，指甲刺進掌腹。「像你這種人，怎麼可能和一般人和平共處下去！你到底……到底為什麼能這麼輕鬆地殺掉一個人？」

「不是跟你說過我不知道嗎！」

突發的怒吼讓我嚇了一跳，渾身緊繃。我退後一步，壓低身體，以防他突如其來地展開攻擊。

但是他什麼也沒做，信紙落在濕潤的地面。

「我實在不想……」

我皺眉，就算努力豎起耳朵也無法聽清那低喃。

「不想與你為敵，王守人。」

人影陡然逼近，霧裡隱隱射來一道黑色閃光，從右側朝我的頸動脈劃來。我向後仰，躲開那致命襲擊，身體卻失去平衡，勉強扶著地面才沒有跌倒在地。

「反應真快。」

他將掌心反握著的利刃翻轉，縱身躍過我的頭頂。

可惡，其他人還沒到嗎？我快速起身，轉到他的方向，一柄亮晃晃的刀子正好對準我的鼻尖。

「請不要追上來，否則……我只好殺了你。」

刀刃緩緩從我面前退開，那鋒芒和先前掃來的感覺不大相同，有種讓人更加毛骨悚然的異常感。明明隔著一小段距離，和剛才帶有確實攻擊企圖的那一刀比起來卻更加具有威脅性。

光芒滲透霧氣，隱晦地閃閃發亮，然後隨著那人縮回的手一起沉入幽暗之中。我全身寒毛豎起，腦海浮現入來院宗介拔刀時的那股噁心的壓迫。

他轉身離開，腳步聲在剎那間消逝。

身後的不遠處爆出刺耳的排氣音，我猜是翁子圉召出的摩托車，猜測也確實沒有落空，巨大的黑色摩托車衝破濃霧，從我身側轟然飆出。

看來趙玄罌已經藉著我身上的監視眼確認形勢，迅速做出判斷。

李彥丞的身影高高地從上空掠過，輕蔑地瞥了我一眼，兩人轉瞬即逝。

小明倏地在我身邊落下，腳上的黑影彎曲，弓成猛獸的型態。

擔心的神情在她臉上毫無掩飾地表露出來。

「你不要緊吧……有受傷嗎？」

「沒事。」

我將手掌按在胸前，安撫加速的心搏，卻不過徒勞。

重新站穩腳步之後，我凝視著殘留在視網膜中尚未褪去、車尾警示燈的鮮紅流光。機車在高速迴旋之後撇向左方。

「那個人……」我喃喃猜想。

「什麼？」

「他可能是被操縱的。」

「操縱？被誰？」

「我也不知道……但是……」我吞嚥唾液。「應該跟他手中的刀子有關。」
「刀子……什麼意思？」小明不解地皺眉。
對了，入來院的事情小明應該還不太清楚，不過突然要解釋也說來話長。
「以後再解釋吧，現在必須先抓住他才行。」
「我知道了，總之，有問題的是那把刀沒錯吧？」
「嗯。」
我點點頭，將視線投向前方。

宗介佇立在燈火朦朧的街頭。
眼前的幽光就像被雲遮蔽的月華，餘輝繚繞。
宗介緩慢地環視周圍，臉上露出滿意的神色。入來院撫子和藍斯・杜因一言不發，安靜地跟隨在他身後，三人同時面對著眼前的異象。
「撫子。」
「……是。」
「再試試妳的力量吧。」
「之前我就已經試過了，哥哥。」
「我說再試一次。」宗介轉過頭，凝視撫子的臉蛋。
「我、我知道了。」
撫子甫闔上雙眼，腳邊滑出薄膜般的陰影隨即發出清脆的金屬聲響，扭絞著空氣。當地再度睜開眼睛的同時，數不盡的鎖鍊從腳下竄出，交織在空間中，朝著盤桓在前方不遠的霧靄高速襲去。

鎖鍊宛如縫合線般企圖將街道封閉，然而，對霧氣卻毫無影響。

黑暗的鎖鍊無法纏繞無形霧氣，沉默地在半空中彼此糾結拉扯。

「夠了，收回來吧。」宗介瞇細雙眼。「果然，就算是妳也無法封住沒有實體的東西。」

鎖鍊終歸是鎖鍊，而霧終歸是霧。就算擁有封鎖影子的能力，對於原本就無法束縛的物理型態還是起不了作用。

斷言之後，宗介喃喃自語。

「那麼……我的『絕影』又怎麼樣呢？」

宗介逕自向前。身上沒有平時穿著的和服，而是樣式拘謹的長袖襯衫和褲裝。出發之前，藍斯曾經挑釁似地問了關於和服的問題，而宗介只是冷冷地微笑，然後以「已經弄壞了一把傘，這次不想連衣服都弄髒」回應。

藍斯當下只覺得莫名其妙，不過稍微思忖過後立刻就會過意來。

對入來院宗介來說，弄髒衣服所代表的涵義並不多。簡單來說，他想去做一件「會將衣服弄髒」的事情。至於那到底是什麼樣的事情，就心照不宣了。

宗介踱向霧的邊界，膝肘微彎，以穩定的架式面對著觸手可及的霧。

收在身側的的左手掌心無聲地凝聚出釉料般濃密的黑色光澤，刀鞘光滑地反射光線，在邊緣留下一抹空白。

右腕將「絕影」抽離刀鞘，和那刀鞘的色澤不同，彷彿黑洞。

宗介雙手高舉，兩掌在劍柄上拉開距離，深呼吸之後屏住氣息，渾身靜止。

斬擊揮落的時候，藍斯甚至連那動作也看不清，當他察覺的時候刀刃已然落下。被那令人驚愕的速度覆蓋過去的是更加難以理解的景象。

「斬開了……！」

撫子發出細小的驚嘆。

灰色的霧在宗介眼前分開，切斷面平整得宛若實體，切口形成鋒利的銳角，沿著斬擊的軌跡向前延伸。

「——不。」

宗介面無表情地注視著斷面，本來銳利的面逐漸變得渙散。水霧緩慢地滲入清晰的空氣中，將其填補，癒合成原始的模樣。

「斬是能斬，不過……看來還是無法徹底瓦解，能夠切斷的只有瞬間的聯繫。呵呵呵，雖然如此，有這種程度的話也就足夠了。」

宗介轉過身，臉上咧出蒼白的笑意。

那對血紅的雙瞳映入眼簾的時候，藍斯身體忍不住發顫。他持續深呼吸，視線拚命想從那笑容上移開，卻無從逃竄。漆黑的刀刃翦影般遮去了一部份的色彩，宗介揮舞刀刃，熟練地將日本刀納入鞘內，眼中的紅光隨著頸子轉動。

「你的傀儡，都配置完畢了吧。」宗介以不容否認的語氣說。

「……已經依照你的安排，就定位了。」

藍斯總算將視線轉至地面，盯著宗介腳下的一圈薄影。

「撫子，暫時待在這等我。」

撫子憂鬱地望著她的兄長，經過短暫的猶豫之後才輕啟唇瓣。

「又要去殺人了嗎？」

「殺人？呵呵呵……那只是其中一種可能性罷了，如果我反過來被殺死，就不是去殺人，而是被殺死。妳懂我的意思嗎？撫子。」

「可是……」

「放心，我很珍惜自己的性命。基於身為入來院家長子的這個理由，我還不能死，我只不過是履行和雪菲爾小姐的約定罷了，不會做多餘的事情。」

宗介伸手摸了摸撫子的頭頂，毫無血色的手腕極為鮮明地襯在綢緞般的烏黑髮絲上，然後順著那髮流，以拇指和食指攫起一束頭髮，溫柔地搓弄著。

「我明白了……」

宛如恭送著即將離家的兄長，撫子低著頭，將背脊彎下。

宗介鬆開掌中的髮絲，讓它垂落。他轉頭望向站在旁邊一言不發的藍斯，眼神變得冷澈，無須開口就完整傳達了那意味深長的一瞥。接著，宗介緩步離開，下半身幾乎與周圍的黑暗融為一體，如同幽靈般悄然無聲地步入霧中。

綿密細緻的水氣像是蜘蛛網般迎面撲上。

宗介毫無動搖，視線筆直向前。

揚起左手，將手掌密合，就這樣覆蓋在左眼前。

眼睛仍然保持在睜開的狀態，卻無法攝入任何光線，在手掌的阻隔下，左眼的視野陷入一片漆黑。

視線穿透那片掌心大小的陰影，浮現影像。

透過掌中的影子與他人的眼睛進行連結，駭客般潛入、盜取他人的視線之後，再如同投影燈投射在特定點。雖然無法與使者本尊的性能比擬，此刻也已經綽綽有餘。

像是切換電視頻道一樣，畫面在左眼的黑暗中變動。

連結的對象是藍斯‧杜因製造出來的人形。

宗介擅自在五個人形上使用了借來的一部分力量。藉著人形們的視角觀察霧中的動態，現在照映在他眼中的畫面就和自己右眼所看見的大同小異。

模糊的景物。

宗介將視野切換到下一個目標身上。

景色朦朧，不過差異並不大。宗介悠哉地擺擺頭，然後下一個。

仍舊一片模糊。

但是，這次的視線卻出現了明顯的歪斜。

「看樣子……比想像中還要順利呢。」

宗介持續看著那正以詭異節奏抖動的畫面，拔腿朝所在地飛奔而去。

配置的距離並不遠，轉眼間，宗介就踏入那條街道。

奇妙的光景正在上演——

一名女性身體扭曲。黑暗的蛇猶如捕食者綑綁在那軀體上。

瞳孔深處閃耀緋紅的光，彎出美麗曲線、帶著赤赭的日本刀瞬間具現在宗介手中。他飛步躍去的同時，錚錚拔出手中的「破形」。

黑影徹底剜開藍斯塑出的人偶喉嚨，液體隨即嘩啦啦濺到地面。黑影鬆開螳螂般固定獵物的前肢，沒有生命的女性軀體立刻倒下，失去色彩，冰淇淋般以肉眼可見的速度崩解融化。

宗介揚起刀刃，爐火純青的斬擊。

鏗！

金屬交擊的顫音透過霧氣傳遞，銳利的部分被消滅，僅過濾出幾乎等同敲響音叉時所發出的清脆泛音。

宗介雙眼圓睜，詫異地瞪視擋住「破形」的物體。

「你是什麼人？」

宗介忍不住出言質問。

黑影轉動肩膀，從宗介的視線死角使出刺擊，宗介察覺那意圖，手腕一震，在刺擊命中之前彈開互相抵制的刀刃，上半身向後閃躲的同時右腳前踢，擊中黑影的腹部。

空虛的觸感傳了過來。

宗介的靴底是厚實堅韌的特製品，即使是普通的踢擊，穿上這雙靴子之後也會如同鐵鎚般帶來沉重的衝擊。

黑影被踢飛出去，順勢一個後空翻恢復平衡，站穩在數公尺之外。

「……原來如此——我懂了。」

宗介手裡的日本刀，刀刃亮晃晃地上下揮擺。

「如果說錯的話就冒犯了，不過你只是傀儡而已，我沒有與傀儡相殺的意願，請讓你的主人出來吧。」

表情變得黯淡，宗介冷酷地說道。

沒有應答，黑影寂靜無聲行動，迴旋著芭蕾舞者般的舞步，朝著宗介撲去。

攻勢比宗介所想的還要凌厲、迅捷而且致命，混雜著佯攻，無情地刺向各處要害。宗介冷靜地觀察攻擊的手法，旋轉「破形」敲開黑影的攻擊，但還是屈於黑影猛烈的力道之下逐漸退後。

對方是天生的刺客。

攻擊要害的企圖太過明確，反而容易看破。

機械性的攻擊模式可以簡單地抵擋，然而隱藏在攻擊之中的那股渾厚力量卻讓宗介手腕發麻。

終於，他被逼到牆邊。

黑影沒有錯過機會，迅速貼近距離，從右側閃出一刺。

宗介以「破形」防禦的同時，黑影抓住僵直的空隙，另一手的刺刃對準了宗介的咽喉，換下「破形」，宗介將「絕影」壓下。

雪白的刃色快速褪下，反黑的鋒口切入黑影的武器，綻出裂縫。

黑影倏地跳向後方閃避，與「絕影」接觸的刺刃卻被削下一角。

隨之而來的是被劈開的霧。

那瞬間，黑影的軀體不再被霧覆蓋，露出底下軀體。僅只是驚鴻一瞥，宗介就看透了黑影的真實姿態。

「原來是貨真價實的『傀儡』啊，我的猜測果然沒有錯。」

宗介將劍尖指向再度被霧籠罩的黑影。

「你的主人在附近嗎？如果是的話，就請他快點出來吧。」

黑影沉默，放鬆攻擊架式。略去手腕的尖刀不談的話，看起來宛如一名身姿柔美的女性。

「不打算回答是嗎？」

撫子在的話就能夠輕鬆地困住它了，實在不想浪費體力在傀儡身上呢。宗介有些後悔地思考。

不過，也沒辦法。

停止感嘆，宗介提刀縱身一躍。

斬了吧。

將多餘的空想捨棄之後，宗介向前突進，由左肩至右斜下揮出必殺的一劍。

「絕影」將霧氣連同黑影一起斬斷。

宗介拉回刀，看見黑影融化的身形消散在被劈開的霧兩側。藉著霎時間露出的空白，宗介看見站立在盡頭的那男人。

「終於肯現身了。」

男人穿著寬鬆的黑色連帽外套，隱藏在帽簷下的雙眼陰鬱地注視宗介。

「保護色已經沒有用了噢，你應該看得出來。」

宗介聽見武器離鞘的微弱摩擦。

霧色縫合的短暫時間內，男人掏出了兩柄匕首。

「有意思。」

男子的身影再度消失在霧中，距離已經超出可視範圍。宗介炯炯有神地瞪大雙目，採取正統的劍道架式，將注意力集中在正前方。

街道的淨寬並不長，就算眼力被削弱也不可能悄然無聲地從旁溜過。只要一個踏步，宗介就能以日本刀斬殺對手，問題在於那突然消失的意識型。如果在接近戰中遭到突襲，宗介也沒有全身而退的把握。

況且……

「真是殺氣騰騰吶。」

宗介的手心滲出久違的汗。

就算沒有現身，對方的殺氣依然恣意擴散。

體溫上升，血液透入微血管，在宗介白皙的皮膚上渲染出一片櫻紅。

雖然殺人的資歷比不上自己，不過還稱得上熟稔。自己是殺了幾個人之後才擁有這樣豐沛的殺氣呢？宗介暗自思忖。十人？還是二十人？

宗介勾起嘴角。

ch4. 絕地的逆襲

我勉強跟在小明身旁。

使用獸足奔跑的小明，運動能力自然遠超過一般人，我就算使勁奔跑也只能勉強趕上。從她的表情可以看出她並未使出全力，而是游刃有餘地以優美的姿態、如同獵豹般跳躍。

摩托車的排氣音在不遠處消失。

「還跟得上嗎？」她問。

我逞強點頭，其實已經沒有餘力回話。

她將速度稍稍提升一檔，「前面要轉彎喏。」她出聲提醒之後，雙腳立刻騰空離地，藉著作用力飄浮起來，兩腿蹬向前方。

「咦？」

回過神來的時候，牆壁已經近在眼前。

她像隻貓一樣俐落地踩在牆面上，然後扭轉柔軟的身體，輕鬆地做出正常人大概要泡在游泳池中才能達成的轉向動作。我強行剎車，滑行出好一段距離，最後用腳頂在牆面上才安然停下。

小明順利地完成轉向衝出，我也趕忙跟上腳步。

翁子園的背影，旁若無人地出現在道路的中央。

雙臂在胸前環抱，重心落在修長的左腿，視線筆直向前。

「別靠近，要是被那傢伙波及到我可不負責。」

我和小明放慢速度，接近她身旁的時候，翁子園警告。

在這之前，我從未見識過李彥丞的戰鬥。

數十隻長度和粗細皆在常人兩倍以上的黑色臂膀從馬路平面竄出，環繞在李彥丞身旁，擾動灰濛濛的霧氣，對著四面八方揮舞拳頭。李彥丞本人面目猙獰，視線迅速移動，似乎正在捕捉霧中的某種事物。

我追隨他的視線望去。

一道幽暗的人影在霧氣與手臂的包圍下舞動。

離心旋轉、飄忽不定。

拳頭每每幾近命中，卻又彷彿滑過它身旁似的落空。黑影一個旋臂踢腿，驟然加速沿著拳擊的方向捲去，手中的銳利尖刺在高速運動下形成圓鋸般的氣旋。

李彥丞勉強閃躲開來，黑影卻在瞬間改變了方向。

側面的影手使出一記拳擊，結實命中人影的側腹。它輕飄飄地被拋出，在半空中繼續扭轉身體迴避影手的猛攻，體操選手般進行複雜的轉體後安然無恙著陸……至少那姿態並沒有表現出受到實質傷害的樣子。

那是誰？

我狐疑地盯著人影瞧。

它蓄勢待發，固定關節，簡直像個等待起跑槍響的百米跑者。

到底是怎麼一回事？我還沒反應過來，無論是姿勢也好體態也好，黑影都不像我剛才接觸過的男人。而且我非常確定普通人根本無法做出那樣的動作。

「我在想是不是應該繞路過去。」翁子團說。「有它擋在這兒，根本就過不去，你們來得正好。」

「繞路？可是……」

我瞪著翁子園的側臉，疑惑地問。

「那個人不就是……」指尖向著正與李彥丞纏鬥的黑影。

「你在跟我開玩笑嗎？」

翁子園輕蔑地瞥了我一眼。

「那應該是意識型的影子。」小明說。

意識型？我皺起眉頭。

好不容易才脫離搞不清楚狀況的狀態，腦袋在一片渾沌中恍然大悟。

「由意識型來阻擋我們的行動，拉開距離之後就更加容易脫身。可是……戰鬥的時間未免拖得太久了，要在這陣霧中甩掉我們，對他來說應該是十分簡單的事情。我不懂為什麼他的意識型會一直擋在這裡。我猜，另一頭或許發生了什麼事情。」

「趕快合力將它打倒不就好了？」我問。

「說是這麼說。」翁子園將鬢角的髮絲順到耳後。「不過某人的拳頭可不長眼，要是變成混戰的話，連你們也會遭殃的。」

唔唔——真是麻煩！

「也就是說，必須想個強行突破的方法。」小明說出結論。「我可以直接跳過去。」

「很好，就這麼做吧。」

「等等，那我呢？」

「不想被揍得鼻青臉腫的話，你也只能選擇繞道過去，或者乖乖在這裡待著。最好快點決定，這次被他溜掉的話，或許以後就不會再出現這麼好的機會了。」

小明深深蹲下，腿部的漆黑肌肉猛然鼓脹。

「小明……妳一個人沒問題嗎？」

「別擔心。」翁子園安慰似地說：「光比肉搏戰的話，她的實力可不會輸給那小子。」

「妳還知道得真清楚。」

她聳聳肩。

「——嗯，我沒問題。」深呼吸之後，伴隨著若有似無的微笑，她輕聲回答。下個瞬間，彎曲的腿部完全彈直，猶如無聲的砲彈般，小明以可怕的速度躍向空中。

誇張的飛躍勾起了意識型的注意力，讓它的動作短暫凝滯。

李彥丞的影拳立刻打在黑影的胸口，將它推飛好一段距離，身形頓時變得更加模糊。

「該死！為什麼我每次每次都要跟這種煩死人的傢伙對戰啊啊啊啊——！噁心死了！有夠不爽啦！」

李彥丞背對著我們發出激昂的咆哮，腳用力地跺向地面。

黑影依然直挺站立，阻擋著狹窄的巷道。

「真奇怪，它似乎沒有產生動搖。」

翁子園忽略李彥丞的怒吼，專注地觀察著黑影的動向。

「動搖？」

「簡單來說，如果它打算阻止我們前進，那麼它已經失敗了。雖然我沒親眼見識過那個殺人狂的實力，但我想不可能對那女孩造成威脅。這個滑溜溜的影子也就算了，一般人的身體可承受不住她的一爪。然而……它現在還是擋在這裡，你覺得這是什麼意思呢？」

什麼意思？我怎麼會知道是什麼意思？

「一言以蔽之，它大概是想把我們通通幹掉。」

「妳剛剛說，某人的拳頭不長眼？」

「嗯？聽不懂嗎？嗯——即使不至於刻意往同伴身上招呼，但你也知道彥丞他是相當不拘小節的人，可不會一一去注意揮出去的拳頭要是沒命中目標會打到什麼東西。」

「也就是說，是機率的問題對吧。」

「機率？」翁子園的眼神閃爍了一下。「大概可以這樣解釋吧。」

「那就沒問題了。」

「……你是認真的？被他的拳頭擊中可不是開玩笑的事情。」

她詫異地問，可是我已經邁步走去。

「事到如今，我也只能相信自己的運氣了，子園姐。」

「誰讓你那樣叫的？」她瞄了我一眼。

「不行嗎？」

「只是好奇而已。」

「是呢。」

我停下腳步。

「我也只是好奇而已，想知道現在的自己能做到什麼程度。」

「是嗎？」她用不置可否的語氣說。

走到李彥丞身旁，他目光直視前方，齜牙咧嘴地說道：「唧唧喳喳聊得可真夠久的啊。」

「抱歉。」

「你以為自己能派上用場了嗎？」

「我發現了一件事。」

「啊？」

「那個意識型，只有在展開攻擊時才會迴避你的攻擊。也就是說，只要由我來牽制它，你就可以盡情發揮了。」

「……隨便你。」

李彥丞似乎沒有察覺這件事，瞪大眼球的同時周身的手臂也開始蠢蠢欲動，肌肉鼓起，數量減少到十隻以下。空氣傳遞著肌肉正在積蓄力量的緊繃聲響，那聲音有如被強風吹動的粗壯樹幹一樣，蘊含著力量和飽滿的水分。

「醜話說在前頭，我的拳頭可是——」

「不長眼睛的，沒錯吧？」

「嘿。」李彥丞以拳頭敲打掌心。

黑暗朝我們飛旋而來。

雙手緊握短刀。刀柄材質的觸感明確地傳了過來，與右手掌肌膚貼合的是溫潤的胡桃木紋理，一拿在手上感覺就與身體完全契合，成為手臂延伸出的勻稱線條。彷彿連身體重心都會略微向右偏移兩公分左右的重量感，此刻正安靜地附著在手心裡。刀尖朝下，他的手指以隨時都會墜落到地面上的輕鬆方式握合。

左手握著另一把單純因為好玩購入的軍用戰鬥刀，刃部和刀柄都是全然的黑色，沒有開鋒，只用簡單的器具隨意打磨過。刀背有著銳利的鋸齒，磨過的部分沿著經過氧化處理的堅硬刀身線條露出底下的金屬色彩，離真正的刀子還有一段差距，不過要殺傷人已經綽綽有餘。他將戰鬥刀反握，塑鋼製的刀柄上有著無數的凹凸起伏，強硬地鑲入掌中。

一股噁心感湧上。

他潛伏在霧間，悉心窺伺著入來院宗介。他還記得宗介第一次出現在自己面前的模樣，甚至連那對話也還記得一清二楚，他不喜歡這個男人所帶給他的感覺。

入來院宗介的瞳孔在一片灰幕中灼灼閃耀。

每當被那妖異的視線掃過，就算沒有正面對上也會寒毛直豎，戰慄感順著血液流遍身體的每個角落。

潛伏在霧中，他覺得宗介宛如一隻燈籠魚般，發出擬態餌的光。

他可以藉著霧氣感受到宗介的一舉一動，連呼吸的頻率也能夠完全掌握。除此之外，逼在身後的那四個人也有如芒刺在背。他不知道「它」可以阻擋那群人多久，眼下不盡快解決這男人離開此地的話，遲早會落得被包圍的窘境。

不，已經徹底被包圍了吧。

他頓時一陣惱火，將刀子握得更緊。

移動腳步，他暗中觀察入來院宗介的動向，依據經驗判斷，入來院應該無法看見自己的身影才對，不過他可不想下這麼大的賭注。

眼前的入來院宗介將日本刀的尖端與視線平行，動也不動，雙眼甚至微微瞇了起來，凜冽的氣息瀰漫開來。不知為何竟有種熟悉的感覺。

對了，是味道。

直到現在，他才醒悟到為什麼眼前的男人會稱自己為同類。

……是腥味，血的腥味。

蕩漾在空氣中揮之不去的、令人噁心得要嘔出胃中之物的惡臭。

佈滿自己手心無法洗刷的臭味。

不過，那一切都不重要。

他逼近到五步左右的距離，而入來院宗介仍渾然不覺，只要將手中的獵刀刺進他的頸動脈，一切就結束了。他緩緩揚起右手，卻又不由自主地放下。強烈的緊張入侵身體，某種不安定性讓他無法維持平衡。

他無法出手。

入來院宗介的架勢找不出空隙。

他立刻摒棄一擊必殺的想法，必須保持耐心，否則將會導致自己的潰敗，他深刻地認知到這點。雖然沒有接受過任何武術訓練，體能也不過是平凡水準，但在連對方的吐息都能夠掌握的狀態之下，他不覺得自己沒有任何機會。

更何況周圍還散佈著霧。敵明我暗。

於是他不再躊躇，左手果斷揮出。目標不是要害，或者說，哪裡都可以，只要勾起對方的注意力，瓦解那難以侵攻的姿態就足夠了。戰鬥刀反手刺出，手腕迅捷地突破霧氣最濃稠的部分，瞄準長袖衫下的手臂肌肉。不須殺死對手，擦傷……不，就算落空也無所謂。

他做出人生以來，第一次無意致人於死的攻擊。

落下的刀尖沒碰到任何東西，入來院宗介的反應速度讓他撤回手腕。日本刀閃光般從身體側面掠過，擦過戰鬥刀尖端，金屬共振沿著手腕衝上。他心中一驚，將右手的獵刀架在額前的同時，宗介的斬擊也隨之來到，重壓猛烈撞上。

將左手加入防禦，好不容易才能與之抗衡。戰鬥刀的先端映入眼簾，刃部被削去一角，切面整齊得如同鏡面。他難以置信地覷了一眼武器上的切口。

這是剛才那一刀留下的切口？怎麼可能？又不是薄薄的鐵片，沒道理只是輕輕一揮就留下這麼平滑的斷面。

入來院宗介斂起原本掛在臉上的笑容。

沒有收回刀勢發動第二段攻擊，而是強硬地用渾身之力抵住對方。兩人就這樣僵持著靜態的力量比拚。

「真奇怪啊……」

宗介喃喃說道：「你手裡怎麼會有『破形』無法斬斷的東西呢？」

他聽不懂入來院宗介在說些什麼，使勁一推，拉開一小段距離之後，右腳沒有任何猶豫，猛然踹向宗介的腹部。

這一踢讓宗介退後了幾步，宗介撫摸自己的肚子，連日本刀都放鬆地垂下。

「傷腦筋，我可不會二天一流啊。」

「……你到底在說什麼？」

「啊，說的也是，都忘記介紹在下的愛刀了。剛才和你交鋒時所用的這把叫『破形』，可以輕鬆切開現世的所有東西呢，就連鑽石也和奶油沒有差別。然後……」宗介右手中的緋紅日本刀消失，取而代之，揚起的左手上出現了另一束漆黑無光的曲線。

「這一把叫『絕影』，嗯，接下來應該就無須說明了。」

宗介倏地揮動黑刃，濃密的霧在他面前被莫可名狀的現象剖開。

透過那片嶄新的透明，他與宗介的視線直接交錯。

他緩緩向右繞開，潛行，霧因為風而重新捲動。

他冷靜下來，試著推敲宗介話中的含意。削去左手匕首一角的，想必就是方才與自己對砍的那把日本刀，那麼，為什麼右手的獵刀能夠防禦住那記劈砍呢？

「還沒想通嗎？由在下來揭曉答案吧。」

宗介的聲音清晰地動搖著他的心智。

「你右手的那把刀，不知道是何人的產物呢。總而言之，那並非存在於現世的物品，和『破形』與『絕影』一樣，和圍繞在你我身旁的霧與你召喚出來的傀儡一樣，都是像我們這樣的人所塑造出來的東西。」

他看著手裡的刀。

手心傳來的質感絕對不是虛假的東西，木柄的溫潤和金屬的冰冷在掌中構築出實感，絕非幻覺。然而，入來院宗介的話語聽起來卻有種莫名的說服力。當霧從自己腳下漫出的時候就應該察覺到的。當那幻影向自己伸出突出銳刺的手掌時就該發覺的真相，他卻遲鈍得渾然不覺。

「那又怎麼樣呢？」

他對宗介說，也對自己說。

「說的也是，那又怎麼樣呢。」宗介發自內心微笑：「反正你馬上就要死了。」

三段連環斬擊如同暴風般吹襲，將宗介周圍的霧掃開一大片，為了避免行蹤暴露，他只能暫時退後，直到霧氣再度恢復。

「果然和在下所想的一樣啊，只要將霧掃開，你就會縮在那無形的牢籠裡作繭自縛。」

「教訓我的話，等到殺了我之後再說吧。」他嘲弄地說。

一邊窺伺著宗介的破綻，同時掂量手中的刀刃，那沉甸甸的重量感不需要別人的認同，只要自己的確信就夠了。

「你真是個有意思的人。」

「你也是他們的同夥嗎？」

「同夥？」宗介瞪大眼睛，詫異地思索一陣，然後露出微笑。「不是呢。」

「那你到底為什麼非得那麼執著在我身上不可！」他咬牙說道。

注意力被後方猛然逼近的東西吸引住，他一個分神，入來院宗介立刻攻上來。劈頭一刀斬開霧氣，刃影消失，接著以閃耀慘白光芒的日本刀朝著自己所在的位置連續揮砍，動作洗練得毫無間隙。

他只能不斷閃躲，藉著霧的探知，幾乎和本能無異的反射反應。

無奈武器長度差距實在太大，加上宗介的武藝又非泛泛之輩，始終找不出一絲破綻。位在後方的人步步逼近，他想不透那人為何能獨自穿越「蜃樓」的封鎖。

如此下去，他將退無可退。

他決定不管入來院宗介，乾脆轉身撤退。

「你想逃嗎？」

他不理會身後傳來的叫喊，離開的同時感覺身後的霧被劈散。

然後他赫然發現，前方逐漸靠近的人，身體構造似乎和一般人有相當大的差別。

步行速度、身體曲線和行走的姿勢皆異於常人，如同蟄伏的野獸般，躡起腳步徐徐靠近。想必那也是某種異能帶來的變化，無所謂，對他而言，對付一個人或一隻野獸並沒有太大的區別，只要對方拿他的霧沒辦法就無所謂。

他安靜潛行。

他注視著迎面走來的人影，悄悄退到一旁。

將呼吸速度放慢，靜靜等待那身影走至他的面前。眼球隨著那詭異的人影移動，計算彼此距離，尋找適當的時機，準備發動伏擊。

刀子即將刺出的剎那間，他看清了來者的面孔。

他的手腕就這樣定在半空中，無法前進分毫。

——那是季禘明。雖然身體略弓、手臂和腿部都包覆大量的暗色毛髮，但那張臉他記得十分清楚。

他迷茫地愣了愣，然後表情又立刻冷卻下來。

原來她也是其中一員……他遺憾地想著。

事實並沒有讓他陷入震驚，但胸口還是不免湧出了大量的猶豫。手臂維持著刺擊的預備姿勢，依然對準著季禘明白皙的咽喉。而少女渾然不覺，視線凝視前方。

一陣風吹了過來。

朦朧的簾幕在眼前掀起，少女臉龐驟然清晰起來。肺部愣然抽吸空氣，他的呼吸節奏被突如其來的風打亂。

刀風將他所在位置的掩蔽盡數斬去，無情地一分為二。

相距不過數步，少女雙眸驚愕地聚焦，變異的左爪立刻朝他攫去。襲來的鋒爪看來勢不可當，他無謂地起手防護，企圖想用那顯得薄弱的金屬片抵禦暴力的結晶體。

爪子驀然停止。

季褅明怔怔地注視著他，眼中盡是迷惘。

他拉起兜帽，想盡力遮蓋自己的臉，卻已於事無補。

「你是……秋彥……」

少女嗓音顫抖，高舉在旁的獸爪延伸至她的左肩，盤踞著詭異的違和。與少女纖瘦的身段毫不相襯的銳爪動搖著，像是在抗拒某種無法以肉眼觀察的屏障。

強烈的悸動衝擊她的靈魂深處。

接著，另一道短促的腳步聲快速踱來。

宗介飛逐而至，「破形」繪出一抹新月般的光華，將沉默對峙的兩人強行逼開。詹秋彥的面容再度蒙上一抹陰鬱色彩。他怒目瞪視入來院宗介，踉蹌悻悻退後，接著又捨命似的從霧中撲出，正巧抓住宗介舉刀時的僵直，獵刀飽蘊寒光。

鐮鋸般的利爪由宗介身後彈出，兩指間的縫隙精準地讓刀鋒鑲入，就這樣緊挾著獵刀的刀刃，死死箝住。

「不要妨礙我。」

宗介冷言，攻擊目標一轉，反手便揮去一刀。

季褅明輕鬆以左手指爪擋住，鬆開架住獵刀的龐大右爪，拉回身後的瞬間扭轉肩頭甩出鐵鎚般的重擊。單純出於野性本能，在頭腦反應過來之前身體就開始逕自行動，季褅明在瀝青鋪成的地面上刮出三道殘酷的爪痕。

局勢演變為三方對立。

詹秋彥遁入霧中。

眼前不明的局勢讓他感到一陣徬徨，尤其是季禘明的出現更是讓他訝異。

「呵……哈哈哈哈哈——」

入來院宗介撫著額頭，情不自禁地大笑。

「竟然出現了一個附身型啊。」宗介直勾勾地審視著季禘明，詭異的視線讓少女全身毛骨悚然，那是獵戶睥睨獵物的目光。沒有任何修飾意味，直截了當地投射。

季禘明本能地退後一步。

並非膽怯，而是看見無法理解的事物、隱含著好奇心卻又同時感受到其中的危險性。因此，她眨了眨眼睛，稍稍拉開彼此的間距。

「秋彥大哥……你聽得見我的聲音嗎？聽得見對吧。」

季禘明伸展雙臂，堵住去路，不打算放任何人通過。她朝霧中發出叫喊，忽略站在一旁逕自冷笑的入來院宗介。

「現在回頭還來得及，請你不要再抵抗下去了。」

「不要自欺欺人了，這位小姐，無論是妳或是那男人都已經沒辦法回頭了。」

「你說什麼？」

季禘明蹙眉瞪視手持日本刀的青年，看著宗介緩緩揚起刀尖。

「妳和那男人一樣……不，比那男人還更不如，被影子支配、運用著那不堪入目的軀體的時候，妳難道不會感到羞愧嗎？妳難道沒有自尊心嗎？」

「你……」

受到話語挑釁，季禘明身上的毛髮隨著怒氣反應，猶如火焰般直直豎起。

「連精神都被同化了嗎？可悲至極。」宗介忽然一偏視線，扭轉肩膀，一抹刀光驟然從他身旁閃過，左上臂的襯衫布料立刻被襲來的刀刃劃破。宗介回穩身體，順勢朝著刀刃襲來的方向做出反擊，「破形」發出凌厲的破空聲。

「真是的，一次出現兩個實在有點棘手啊。」

宗介舔舐蒼白的薄唇，血液滲透布料，轉眼就將衣袖的上半段染紅。

宗介重新召出「絕影」，毫不在意微弱的傷勢，果斷地將霧撕裂。甫準備攻擊的詹秋彥尚未拉開距離，上半身顯露在「絕影」所割裂的空間中。

入來院宗介反轉刀柄，將揮落的刀勢扳回，打算由斜下方的死角揮出斬擊。

季禘明奮不顧身地衝了出去。

剃刀般的鉤爪攔在宗介面前，他放鬆肩膀，身體全然不動，僅以那詭異的姿態扭轉頸部，與近在咫尺的少女四目相接。

「妳打算袒護這個男人，與我為敵嗎？」

宗介將臉湊近少女的耳邊，輕聲說道。

「在事情完全明朗之前，我是不會讓你傷害他的。」

「……明朗？」宗介嘲諷地說：「只要不把那男人殺了，就像這陣霧一樣，永遠都沒有明朗的一天。」

他將刀刃移向少女的側臉，瞇細雙眼，觀察季禘明的表情變化。幽暗的刃部扭曲周圍的微光。

「就算妳是雪菲爾小姐的朋友，我也不會對妳手下留情。」

「……你就是入來院宗介？」季禘明注視著白子，這才想通他的身分。

「是的，不過像妳這樣的人沒有資格直呼我的名字。」

宗介幽幽環視周遭，重新面對詹秋彥藏身的所在。

「別再妨礙我，否則我就連妳一起斬殺。」

宗介發出警告。

因為憤怒和餘悸，心臟猛烈地鼓動著。季禘明看著青年單薄的背影，只消揮動自己的爪子就可以輕鬆地將他撕成碎片。

季禘明不甘心地蹙緊眉頭。

現在不應該花費多餘的心力去理會入來院的挑釁。

即使手段不同，但基本的目的並沒有太大的差異。

可是，她始終無法將那個坐在偉士牌上等待秋韻放學的男子身影，與隱遁在迷霧中凶殘殺手的形象重疊在一起。額角因為焦慮而滑出汗液，少女忐忑不安地凝視前方。曖昧的預感在她的心中不斷擴張。

宗介的姿態瞬息變化，空氣中迴盪著清脆無比的金屬交擊聲，刀劍在虛空中碰撞。手臂的疼痛被大量湧出的腎上腺素壓制，宗介忘情地舞動刀鋒。

心無旁騖，忘卻一切。

經過剛才的自白，宗介知道對方可以藉由觀察自己手中的刀刃色彩，來決定該用哪一柄刀採取攻擊，戰鬥刀的先端與「絕影」重合，幾乎迸出火花。

詹秋彥冷眼刺探對手的敏銳直覺，慢慢在視野中勾勒出一圈劍影。只要刀鋒稍稍探過邊緣，宗介就會輕輕擺動手腕，藉著槓桿原理就可以揮出神速的斬擊，如同閃電般劈砍過來。

相較之下，自己的武器實在太過不利。

沒有勝算。

雖然不至於無法全身而退，但是詹秋彥沒有殺死對方的自信。

也找不出突破口。

「蜃樓」在後方持續交戰，而且正逐漸被逼退，死線緩慢地圍了上來。繼續這個樣子下去的話，遲早會落得腹背受敵的情況。

既然找不出突破口，就親自鑿出一個。

詹秋彥將「蜃樓」喚回身邊。

憑藉自己的霧，還能拖住身邊的兩人好一段時間，應該不會貿然進攻。

「蜃樓」身旁圍繞著一襲連身裙般的薄霧，飄渺地降臨在詹秋彥身邊。她輕飄飄地搖擺身姿，踏著難以形容的舞步。

詹秋彥屏息，然後將慢慢呼出體內殘留的空氣，以做柔軟操的吐息速度，潺潺流水似的呼吸。

只要「蜃樓」不進行真正的攻擊，就算被那把刀斬開也能夠輕易地恢復原狀。

他緩緩加重霧的密度。

算準呼吸的頻率，在吸氣瞬間以高密度的霧包裹住對方的身體周圍，即使在陸地上也能夠清楚地感受到溺水般的錯覺。

無論身體機能再怎麼強大，也會因為那須臾間的窒息感而產生短暫的凝滯。

這是詹秋彥想出的最後殺手鐧。

他將自己的意志傳達給「蜃樓」。

那襲白紗宛如漣漪，波紋向周圍擴散。

詹秋彥拚命在心中暗示自己，只要這麼做就可以擺脫一切。

但是面對入來院宗介身後的少女，他又該怎麼做？

看著手中的刀。

詹秋彥沒有答案。

他將兩手的刀互換，右手以拇指、食指和中指輕輕捏住戰鬥刀的末端。詹秋彥估算著兩人之間的距離。對他而言在霧中的一切都能清楚探知，即使視線被霧氣阻擋，他還是能夠感覺到宗介的所在位置。

力氣集中到手指末梢，將集中力捻成針尖，戰鬥刀冰涼而堅硬的觸感吸收體溫，逐漸成為手的延伸。

學生時代他曾經因為好玩做過投擲飛刀的練習，不過因為不是隨便自我訓練就能夠練成的技術，幾個星期之後他就放棄了。單純以成功率來說，當時最好的成績也不過在五次裡僥倖成功一次，實在無法作為實戰技術使用。

更何況是早已生疏的現在。

不過，這次的目的並非以投擲飛刀來殺傷對手。

詹秋彥瞄準的是隨之而來，剎那間的破綻。

划動手臂，他放鬆手腕的肌肉，像鞭子一般將戰鬥刀甩出。

刀刃劃破虛空，以固定的速率旋轉，射向入來院宗介的所在位置。刀尖侵入那圓周的時候，一道閃光將飛旋途中的戰鬥刀一刀兩斷。宗介揮動「破形」，金屬刀身瞬間便有如奶油般滑開，飛行軌道受到干擾，兩塊斷片朝不同的方向飛離。

看準宗介的斬擊壓到極限的時間點，詹秋彥操縱周圍的霧氣濃度，水霧隨即如同高壓蒸氣般凝聚成清晰的白，籠罩宗介的頭部。

劇烈的咳嗽傳入耳道。

他的猜測沒有落空，正如同他的算計，宗介在發動攻擊的時候會短暫地停止呼吸，然後在收回架勢時將氧氣吸入肺部。

他立刻趨前撲去。將獵刀交替回右手，抓準短暫的破綻，他要一招刺穿宗介的要害。宗介因為咳嗽而彎下腰，咽喉的位置和他所料想的一樣完美。

鏗——！

「破形」勉強在最後一刻擋住，宗介虛弱地將「破形」架在眼前，以刀身為盾，即使手臂因為咳嗽失去力量，也足以強行抵住獵刀的行進。

宗介抑止呼吸，肩膀微微顫抖，瞳孔的絳色穿透水氣，在近距離散發出恐怖的壓迫。

「蜃樓」由側面展開襲擊。

自己從正面全力壓制宗介，由「蜃樓」來執行第二波攻勢。如果宗介手中握的是「絕影」或許就會失敗，然而詹秋彥先前以現世戰鬥刀使出的刺擊，誘使宗介破壞武器的策略奏效，就算攻擊落空也無法防禦「蜃樓」的襲擊。

「蜃樓」凝結成實體，幽婉的剃刃曳出。

野獸的咆吼轟鳴，季褅明以令人難以置信的速度撲向「蜃樓」，因為企圖攻擊而凝聚實體的「蜃樓」被巨大的右爪掃中，利爪劃出慘烈的傷痕。

詹秋彥暗自在心裡咒罵一聲，加重手臂的力道，將刀尖緩緩壓向宗介的咽喉。金屬彼此發出酸楚的傾軋聲。

「喝——！」

宗介使出猛烈的震腳，身體前傾，藉著腿部的力量彈開詹秋彥的攻勢。詹秋彥被暗勁彈開，只好再度遁入霧中。

被爪子撕裂的「蜃樓」飄懸在空中，霧氣凝聚在爪痕上，開始修補缺口。

宗介也向後退開，氣息被瞬間打亂讓他感到有些痛苦，如果不找機會喘口氣，後續的戰鬥就沒辦法維持體力。他擺頭瞥了季禘明一眼，剛才如果不是這女孩出手，想必自己將會陷入極度不利的狀態。

「……謝謝。」宗介說。

「別搞錯了，我可不是為了救你。」

季禘明看也不看一眼，冷冷地說。

「是嗎。」宗介不在乎地笑了。

「秋彥大哥！請不要再打下去了！」季禘明對著隱身在濃霧中的詹秋彥喊道。

「沒有用的，別白費功夫。」

詹秋彥聽著兩人的談話，悄悄移動腳步，「蜃樓」乖巧地浮在他身旁。

「現在唯有讓你我作個了結，這一切才會休止。」入來院宗介說。「我想，你應該懂我的意思吧？」

「你……」

季褅明掄起銳爪，眼中充滿敵意。

「最好別再挑釁他了。」她警告宗介。

「真是不好意思，雖然我眼下不打算與妳針鋒相對，不過我說的全都是實話。這個男人是不可能放下刀子束手就擒的，我很了解他。」

「你又了解他什麼了！」

「因為，」宗介笑著說：「我和他是同一類人啊。」

折壓拳骨的啵啵聲響徹空氣。

守人和李彥丞，以及手中捧著安全帽的翁子園一邊警戒，一邊小心翼翼地前進。

李彥丞的那些手臂幽幽地在他周圍飄盪，當他移動的時候，黑色的手臂就像深海植物一樣晃來晃去，隨著他的腳步牽引。

在詹秋彥的意識型阻礙下，三人只能緩慢前進，掌握它變成實體的時機之後，發動攻擊將它擊退。如此持續反覆數次，好不容易終於將它打散。雖說如此，他們也不確定它已經消滅，只能注意四周動態步步為營。

尖銳的金屬碰撞聲隱約在空氣中擾動。

「看見了。」

翁子園悄聲說。

一個穿著樸素的蒼白男子正揮舞著日本刀與一團朦朧的人影糾纏，不時交鋒，刀刃在重疊的時候碰出懾人的光。另一道幽影則和獸化的季褅明交戰，彷彿在阻止她介入兩人之間的戰鬥。

交手中的兩人察覺到他們的接近，動作相繼停止。

宗介因為連續的激烈運動，肌膚變得通紅，呼吸節奏也因此加快許多。注意到三人接近的時候赤眼圓瞠，略顯疲憊的面孔露出戲謔的笑。

「守人——！」

季禘明在他們後方發狂似地喊叫：「快阻止他們！那個……那個人是小韻的哥哥啊！」

守人不敢相信自己所聽見的話語，他遲疑地瞪著那團被霧氣包裹的人影，試圖看破那層隔閡，卻只是徒勞。

「真的嗎？」守人喃喃問道。「你真的是小韻的哥哥？」

聽見那名字的時候，霧中人瑟縮了一下。詹秋彥的胸口焦躁地起伏，從被季禘明看見自己真面目的時候他就知道已經完了，他的身分再也無法繼續隱瞞下去。腦海中浮現妹妹的臉孔。

「……是啊，王守人。我就是小韻的哥哥。」詹秋彥自白似地說。

「為什麼你要做這種事？」

「哈——」詹秋彥惆悵地笑了。「事到如今還在問為什麼，你不覺得這個問題已經毫無意義嗎？」

「將那把刀子放下。」

「放下，然後乖乖束手就擒嗎？我早就說過了，我不打算被抓住。」

「在考慮自己被抓住之前，應該先想想怎麼逃離我的制裁吧。」宗介雙手持刀，將刀柄舉至臉側，目光凜冽。

「通通給我住口！」

詹秋彥潰堤似的大喊。

「你到底有什麼資格說要殺我！你不也是個殺人如麻的人渣嗎！像你這樣的人到底有什麼資格說要制裁我！」他胡亂揮舞獵刀，將刀尖對準守人。「你也一樣，你們全都一樣！這傢伙殺的人明明遠超過我，為什麼只要我乖乖放下武器！」

守人沉默不語。

「你說的沒錯，我殺的人確實遠超過你。」

入來院宗介以清晰的咬字說道：「先前似乎跟你說過，我自己也不清楚我所殺死的究竟都是些什麼樣的人。但有一件事我可以確定，那就是那些人大部分都是和你我一樣嗜血的敗類，而剩下的一小部分則是原本就不應該存在這世界上，被影子操縱的可悲附身型。我有什麼資格制裁你呢？硬要說的話我和你其實沒有太大的差別，唯一的不同點大概就是我選擇將自己的殺意發洩到那些即使被殺死也不會有人怪罪的人身上。是啊，就是像你這樣的人。又或許只是因為我運氣好，恰巧誕生在入來院家而已吧。如果我和你一樣出生在平凡的家庭，可能也會和你走上一樣的路也說不定，不過，這就是命運啊。難道你要怪罪命運嗎？」

詹秋彥緊咬下唇，低頭不語。

然而，他並沒有打算放下刀。

「有本事的話就殺了我啊。」

身體的痙攣安定下來，詹秋彥環視重重包圍著他的眾人。

「說得好。」宗介頷首。

「你們幾個吵夠了吧？」李彥丞咧出一口潔白的牙齒，臉上扭曲著誇張的笑，從守人身後踱出來。「這樣好了，乾脆由我親手把你們全部打倒，這樣就沒有爭議了。」

「喔……在下還在猜想是哪位，原來是您吶，還有那位美麗的小姐。」宗介說。

「上回沒讓你領教老子的拳頭呢。」

李彥丞收緊手掌，皮膚幾乎要迸裂開來似的緊繃。翁子囷沒有回話，只是逕自順起鬢邊的頭髮。

守人伸手攔住李彥丞的去路。

「你幹嘛？」李彥丞不悅地瞥了他一眼。

「……不好意思，學長。」守人說：「我認識這個人，所以無論如何都必須和他仔細確認清楚，如果可以的話，麻煩你再忍耐一下子好嗎？」

「嘖……」

李彥丞的表情扭曲了一下，然後又漸漸恢復平時的模樣。

「隨便你，不過動作最好快一點啊，我不習慣等太久。」

「因為都是我在等你啊。」翁子囷冷不防地說。

「少囉嗦啦！」

「去吧，能夠以溝通解決的話再好不過了。」翁子囷揪住李彥丞的衣領，將他拉退一大步。「我會盡力管住這傢伙的。」

「謝謝。」

守人將視線移回到詹秋彥的身上。那身影實在太過朦朧，如果不是季禘明的提醒，根本就無法用肉眼判斷出他到底是何方神聖。

守人邁步向前。

無視那隨著距離而變得更加濃密的霧，他靠到非常接近那兩人所在位置的地方。

「可以請你收手嗎？入來院宗介。」

雖然說話的對象是宗介，守人卻緊緊盯著詹秋彥不放。

「何出此言？希望我斬殺這人的，不就是您和雪菲爾小姐的願望嗎？」宗介說。

「茉妮卡從來沒說過那種話，不要把你自己的願望加諸在別人身上。」

「這麼說是在下誤會了？」

守人搖搖頭。「你誤不誤會一點也不重要。秋彥大哥，請你也把武器收起來吧。」

「……把武器收起來之後，你想要我怎麼做？」

「去自首。」

詹秋彥愣了一下，喉嚨間發出模糊的笑聲。

「有什麼好笑的。」

「……真抱歉，不過我從來就沒想過要束手就擒。」

「就算是走到現在這個地步嗎？」

「雖然我沒料到會變得這麼狼狽，不過我的答案沒有改變，是的，即使是現在，我也沒有任何悔意。」詹秋彥以平板無緒的聲音說。

「你難道就不在乎小韻的想法嗎？」

「這是動之以情的實踐嗎？」

「是啊。」

「果然，我真的很想跟你一起坐下來好好聊天。」詹秋彥說。

「這不是很簡單嗎？只要你別再反抗不就沒事了啊。」

「……來不及了。」

詹秋彥看著手中的刀。

「我的手上已經沾黏了太多血，全都凝固硬化，無法洗淨了。」

「你難道是笨蛋嗎！講那種蠢話，以為我能夠接受嗎？」

「不接受也無所謂。」

「你的意思是想這樣繼續殺人下去，一輩子被人追捕著嗎？就算拋棄伯父伯母和小韻你也不在乎？」

再次聽見詹秋韻的名字，詹秋彥的表情也因為無法掩飾情感而變得歪曲。

「別跟我說小韻的事情，這和她無關！」

「怎麼會無關呢？難道你覺得你在外面殺死這麼多人，對你的家人一點影響也沒有嗎？」

「我之前就說過了吧？要是我不這麼做的話，遲早有一天我會親手殺死他們的。不論是爸媽……還是小韻，為了防止這種事情發生，我會不擇手段！」

「……不擇手段？」

「是啊……如果不這樣的話我會瘋掉的，與其親手殺死自己的家人，殺死素不相識的人對我來說根本算不上什麼。對我來說，他們存在與否根本就不重要啊。對你來說不也是這個樣子嗎？王守人。」

「如果有人抱持著同樣的想法，去傷害你的家人，你又作何感想？」

詹秋彥只維持了短暫的沉默，然後發出低沉的哼笑。

宗介垂下刀尖，神情嚴峻地望著他們，彷彿在等待詹秋彥的答案。

「我會在他動手之前就殺了他。」詹秋彥嘶啞地說。

「你要怎麼保護他們？用你那雙沾滿鮮血的手嗎？用你手裡拿著的那把刀嗎？」

詹秋彥沒有回答。

守人的問題終於對他產生了動搖，握著獵刀的手開始顫抖。他明白王守人說的是正論，用血腥的手段究竟能夠保護誰呢？自己只不過是順從內心慾望的扭曲者，詹秋彥知道這完全沒有轉圜的餘地。

詹秋彥掃視周圍一圈，除了依舊與季締明對峙的「蜃樓」之外，自己沒有任何盟友，就算勉強從眼前的局勢逃離，也沒辦法改變自己身分暴露的既定事實。手中的籌碼早已全都押上了。

「我……」

他對守人緩緩伸出持刀的手，隱約反射的曖光在晦澀的霧中閃爍。

「如果我投降的話，你可以答應我一件事嗎？」

「……什麼事？」

「拜託你，別讓我家裡的人知道我犯下的罪行……要我怎麼樣都無所謂……」他懺悔似地說著。

「我沒辦法給你這種保證……」守人說：「不過一定能想出其他辦法的。」

詹秋彥放鬆手指的力量，準備放下獵刀。

——你做不到的事情，就由我來替你實現吧。

獵刀突然傳來震盪，藉著周波構築出只有詹秋彥能夠聽見的聲響。詹秋彥驚愕地瞪視手中的刀。

——是的，就是我啊。

「又是你。」他發出顫抖的呢喃。

「你到底是誰？」

——我早就說過了吧，我就是你啊。

「……胡說八道！」一股噁心和莫名的恐懼感竄上詹秋彥的身體。手掌中央彷彿有某種異物正開始蠢蠢欲動。

他忽然想起那黑點，既不是汙漬也非記號。

那是個洞。

詹秋彥揚起獵刀，想狠狠地將那獵刀甩開，卻怎麼樣也甩不掉。刀柄執拗地黏在手心，詹秋彥感覺皮膚接觸的地方開始發癢，好像有無數的蟲正從內側嚙咬。

——無須抗拒，一切都交給我就行了。

那聲音再度響起，詹秋彥反射地摀住耳朵。雙手抱住頭部，卻仍然無法那聲音入侵身體深處，那人的話語盤桓在腦海中，揮之不去。

他按著頭，痛苦地彎下腰。手心的刺痛蔓延增生，那劇烈的痛覺沁入骨髓，擠壓肌肉。詹秋彥看見右手腕的皮膚隆起細小的根，像失控的靜脈血管沿著手臂爬上來。

衝擊襲來，眼前的事物變得模糊不清。

他彷彿聽見自己的喉嚨發出呻吟，詹秋彥再度望向自己的右手。那個洞擴張了，右肩以下已經全部陷入黑暗。意識朦朧，周圍一片漆黑，眼前只剩下若有似無的光。靈魂遭到吞噬。

詹秋彥的身體靜止。維持著奇妙的彎曲姿勢，原本急促的呼吸也變得安穩。

「詹大哥……？」

守人完全不明白詹秋彥身上所發生的事情，他凝視著霧中的人影，詹秋彥突然的舉動讓他嚇了一跳，周圍的霧氣似乎也在同時變淡了些。守人看著緩緩挺直身體的詹秋彥，他的身體輪廓因為霧氣變薄而稍微清晰且立體，不再是個平板的影子。

然而，詹秋彥的右手卻產生了詭異的變化。

猶如季禘明變化時長出的獸毛般，詹秋彥的手臂上生長出黑暗的物質。數千萬條漆黑的條狀影子不斷扭動，附著在詹秋彥的右臂上蜷曲交纏，向上爬行的模樣簡直像是蠕蟲，卻又像植物的根一樣難以剝離。

那些蟲子一般的黑影彼此交疊摩擦，發出令人作嘔的濕潤聲響。

詹秋彥的身體若無其事地佇立著，守人揚起目光，終於和詹秋彥的視線對上。

「好久不見了，王守人啊——」

詹秋彥的聲帶震出如同砂紙互相磨擦的粗糙嗓音。

「你……你是……」

那一夜的恐懼之聲再度響起，守人永遠也不會忘記這個人的聲音。那是絕對無法磨滅掉、深深烙印在記憶深處令人戰慄的聲音。

詹秋彥的身體朝守人走近了一步。原本模糊的面容浮現。

右半邊的臉被肌肉拉扯，皮膚緊繃得將那張臉原有的線條全部抹殺，臉孔被壓得蒼白，毫無血色。那張臉的瞳孔詭異地在眼皮底下滑動，另外半邊臉則毫無表情。

冷汗瞬間從額間滴落，守人不可置信地瞪著那面容。

我注視著那張臉。

心臟彷彿漏了一拍，身體隨著那缺失的跳動而開始震顫。

毋庸置疑，那是因摩陀的聲音。那張無表情的扭曲面孔我怎麼樣也無法遺忘。可是，因摩陀究竟是為什麼，又是在什麼時候侵占了詹秋彥的身體，我心中卻毫無頭緒。

詹秋彥挺起胸膛，眼球在眼瞼下轉了轉，目光冰冷無比。他生硬地扭頭審視盤踞在他自己身體周遭的霧氣，嘴角似笑非笑地勾起來。

「你為什麼會……」

詹秋彥喉間不時擠出暗啞聲響，右手那團噁心的複雜構合體也隨之發出令人絕望的運動聲。

眼前的軀體已經被因摩陀入侵，是因為那把刀嗎？腦海中驟然閃過這個念頭，我緊握雙拳，卻不知該如何是好，腳步僵直得無法移動。

我看見入來院宗介率先展開動作。

墨釉瓷般的色彩驟然閃現，漆黑的日本刀凌厲地朝詹秋彥的後頸斬落。

一連串令人反胃的沉悶碎裂聲響起。

詹秋彥附著著無數蛆蟲的右臂瞬間以不可思議的角度繞折到腦後，像條不斷蠕動的蛇體，先端露出來的刀尖抵住宗介的斬擊。

「什……？」入來院宗介發出驚訝的低呼。

骨骼完全碎裂的右腕瘋狂地扭動，接著柔軟地延伸開來，化成一條長鞭，將尾端的刺刃甩向宗介。

攻擊命中時，隱約綻出一絲細微的金屬相磕聲，入來院宗介被衝擊力撞向後方，身影隱沒消失。

蛇臂蜷曲收回，在我還未能做出反應之前再度朝我襲來，我倉皇退後一步，尖刺立刻從我面前貫下，扎破瀝青，在地面上打出深深的凹洞。

震盪沿著腳踝爬上，膝蓋不自覺開始顫抖，如果剛才退後不及，被砸破的將會是我的腦袋。手臂扭曲延伸，迅速抽打我的側腹，衝擊令我頭暈目眩，內臟感覺被擠成一團。我向後飛出一段距離，然後撞在一塊具有些微彈性的物體上。

李彥丞的黑色手腕接住我，接著將我安穩地擺在地上。

「我可不是每次都接得那麼準的。」李彥丞說。

肚子被擊中的地方劇烈地絞痛著，痛楚讓我流下汗水，只要試著輕輕動作，彷彿電擊般的強烈刺激就會竄入大腦。

「唔……」我試圖講話，不過光是張開嘴巴就十分難受，不緊緊咬合牙齒的話，甚至會因此而窒息。我撫著受傷的部位，瞪視前方。

詹秋彥身體微微趨前。

「雖然搞不清楚是怎麼回事，不過看來是輪到我上場了。」李彥丞咧出張狂的笑容，走過我身旁逕自向前。他折著指骨，表情看起來十分興奮。

詹秋彥身體微微前傾，扭曲變形的臉從淡薄的霧裡探了出來。黑色的筋絡狀絲線盤根錯節地爬滿他的右臉，還在不斷脈動。延續著可怖的抽搐，那具軀體已經完全沒入狂亂之中，氾濫的唾液從略微張開的嘴角涎出。

「嘎啊啊啊啊啊啊——！」

詹秋彥吼出懾人心魄的尖嘯。

那模樣映入我的眼簾，看起來就像是失控的締明一樣，被瘋狂的右手支配，淪為一頭凶獸。不明液體汩汩從詹秋彥無以名狀的右臂滲出，滑落地面時傳來濡濕的迴響。

李彥丞的影手一隻隻在周圍展開，宛如盛開的花朵般搖曳著。他挽起袖子，面對著變異的詹秋彥擺開架式。

「真是噁心的傢伙。」李彥丞低聲嘟囔一句，兩隻手臂抓住他的腳底，像是彈射臺似的將他向前高速滑出。他維持上半身的姿勢，和圍繞周身的影手一起朝詹秋彥衝鋒。

左側的影手互相交織，快速凝聚成一隻粗壯的手臂，接著挾帶猛烈的風，甚至捲動了殘存在空間中的霧氣，毫不留情地揮向詹秋彥。

連結在詹秋彥身體上的怪物瞬間膨脹，以幾乎相同的質量撞上拍來的巨大手掌。

李彥丞的背影微微顫動，產生短暫的僵直。然後他奮力掄動右手，無數的黑色拳花立刻撲襲而去，打在詹秋彥毫無防備的肉體上。

聲音緻密地重合，彷彿用鐵鎚敲打輪胎似的連續爆響波濤而出。

變異的詹秋彥若無其事地承受那可怕的攻擊，那具身體只是一面盾牌，被用來保護正在與李彥丞的巨大影手互相角力的右臂。

蟲豸構成的右臂忽然猛烈蜷曲，像彈簧般絞捲，然後開始迴轉。被影手包裹住的前端有如銳利的鑽子刺進巨大的手掌中央。

李彥丞悶哼一聲，左側的大型影手立刻四散開來，連同其他正在攻擊的手一起收回，重新化成兩面厚實的手掌，由兩側對詹秋彥發動同時攻擊。

兩掌拍在一起的時候，發出了宛如炸彈爆炸般的轟音。

霧氣被風襲捲，以詹秋彥為中心點，向四周擴散海嘯般的波紋。

詹秋彥所處的位置如今已被一團黑暗包覆，李彥丞操使的巨大影手合掌壓住那狹窄的空間，從我的視角沒辦法看清楚實際的狀態。

突然，一縷纖長的影子瞬間由下往上纏繞住李彥丞，那襲影子張散著尖銳觸角，宛如擄獲獵物的巨大百足蟲，緊緊綑綁。

「嗚啊啊啊啊啊——」

蟲肢驟縮，李彥丞在我面前發出痛苦的咆哮。那雙巨腕沒有因此鬆懈，反而呼應著李彥丞的吼叫，更加用力地收合，企圖將隱藏在內側的東西壓碎。

眼前持續著令人頭皮發麻的場景，我用力咬牙想撐起身體，痛覺卻閃光般干擾頭腦運作，我只能維持短促的呼吸，連出手援護都做不到。

身後爆出激烈的嘶鳴，重型機車的引擎聲由遠而近朝這裡加速。翁子團乘駕在消光的機車上，猶如一道閃電從我身邊呼嘯而過。

她瞄準被手掌覆蓋的詹秋彥，似乎意圖用車體直接衝撞，打破目前的危險狀態。

然而，攻勢卻被無情地打碎。

纏繞李彥丞身體的黑影狂亂地扭動，猛然將他拋擲出去，正好與疾馳中的翁子園撞成一團。車體受到衝撞，車頭歪向一旁，前進路徑隨之偏移，沒能命中目標而從那黑暗旁飄移過去。

巨大影手的輪廓變得黯淡。

詹秋彥從那黑暗中現身，駝著背，身軀疲軟無力地支撐站立。影手褪到地面，旋即失去形體，隱沒消失。

我猜想李彥丞大概昏過去了。

詹秋彥的右臂恢復原形，覆蓋其上的黑影蠢蠢鑽動，唯有握在掌中的獵刀依舊閃耀著灼光芒。

他向後仰望夜空，膝蓋略曲，雙手無防備地垂下，胸部誇張地起伏。

完成冗長的吐息之後，詹秋彥挺直向後彎曲的背脊，恢復成自然的站姿。

眼神不再像之前那樣瘋狂。布滿右半邊臉的細緻藤蔓有如活物般抽搐著，重新在詹秋彥的右臉上構築成另一張臉孔。

比先前的模樣更加鮮明，同時也更加扭曲而令人作嘔，因摩陀的容貌面具般覆蓋其上。

「呵呵呵……」

那笑聲彷彿從地獄中傳出，將我體內的溫度全部抽乾。

「這男人的意志力比我想像的還要難纏，真是花了不少功夫呢。」

他審視著自己的身體，看起來十分滿意地點了點頭。

「你……為什麼會在這裡？」

腹部的疼痛稍微減緩了一點，我假裝沒事，隱忍痛楚面對著詹秋彥——不，現在幾乎已經是因摩陀了。

「關於這點，連我自己都意想不到啊。你當時的招數確實出乎我的預料之外呢。」他旋轉手中的獵刀，冷笑著說：「為什麼我會在這裡呢？為什麼我能夠侵入這個男人的身體呢？大概是因為你沒有將我『完全』打入另一個時空吧。」

「完全……？你當時明明已經……」

「是的，當時你確實將我推到另外一個空間，不過你我都遺漏了一點。」

「遺漏？」

「就是這把刀啊。」

面具扭出微笑。

「為什麼我當時也沒察覺到它的存在呢？明明就近在咫尺。不過，我也該慶幸那時沒發現，若將它收回來，搞不好我就沒機會藉著它再度復活了。」

他說著意義不明的話，對待珍寶似的撫摸手中刀刃。

「原來它也是我身體的一部分啊。也是因為這樣，我的意識殘留在這邊，所以才能控制這個男人。」

因摩陀侃侃說著，接著蹲踞下來，將刀尖向準我的臉。

「這次我會先殺了你，不會再大意了。不過……」

森白的銳爪從他身後揚起，因摩陀似乎早已預測到小明的襲擊，只是輕輕擺動身體，爪子從側面掠過。

突擊落空。

小明的動作看起來十分僵硬。

她再度掄起爪子，使出一記橫掃。

因摩陀單手按在小明頭頂，點地一躍，閃避揮擊的同時倒立在她的後方上空。因摩陀彎曲膝蓋，兩膝猛力壓向她的肩膀，眨眼間就將她壓制在地。

柔軟的右手箍住小明特異的獸爪，在上面重複纏繞數圈之後按住她的頸椎。

蠕動聲傳來。

小明掙扎著，卻因為肩膀被完全固定而無法使力。

因摩陀右臂的陰影融解般滴落，細小的黑點落到小明背上隱隱攢動。他抬起目光，病態地看著我說：「這個女孩就等到一切結束之後再來處理吧。」他舔舐嘴唇。

那些蛆一般的黑點滲透進去，從身體中心開始，獸毛逐漸褪散。

小明不再掙扎。

我失去了理智。

身體的痛苦已經無所謂了，我無視腹部劇烈的疼痛，不顧一切地朝因摩陀衝去。

勾拳擊中他的下顎，他的眼角餘光卻冷冽地刺進我的視野。

「現在承受痛覺的可不是我啊。」因摩陀說。牙齒縫隙噴出暗紅的鮮血。

該死！

他向後翻仰，右手卻以不自然的態勢繞折，如同彈簧般對我刺出獵刀。

刀刃擦過臉頰。

相較於腹肚的疼痛，已經不算什麼了。

血花迸出。我箭步跳躍，身體韻律本能地契合而上。因摩陀翻躍落地的剎那，我的上段踢命中側臉，讓他失去平衡。

因摩陀倒下。

延長的右臂反繞回來扯住我的腰間，粗暴地將我摔落在地。

因為手臂墊在腰間，我沒有受到太大的衝擊，不過胸口還是悶得難受。我撐住地面想爬起身，卻被因摩陀那噁心的手臂牽制。因摩陀扼住我的腰，慢條斯理地站起來，隔著一段距離凝視趴臥在地的我。

喪失人類該有的表情。

沒有笑意、沒有張狂。

只是注視著。

我被拉起來，懸吊在半空中。無論我如何使勁拉扯，那圈黑影也紋風不動，牢牢收束。因摩陀仰頭與我四目交接，接著倏地將我砸向一旁的牆壁。撞擊的力道傳透背部，渾身失去力量，我茫然望著逐漸朝我踱來的模糊身影。

腰上的束縛收縮得更緊了。

獵刀從手腕末端彈出，彷彿蠍子的螫刺般對準我的眉間。強烈的壓迫感簡直足以讓人失去意識。

「這次……真的是永別了。」因摩陀沉吟。

胸口驟然湧現靛藍的光。

帶著金屬光澤的鋼鐵手指穿出胸膛，擒住抵在額頭的鋒刃。

我愣愣地看著夸特恩將刀身捻彎，發出軋嘎的刺耳聲響。

「……你這傢伙還真是會挑時機出現啊。」我無力地埋怨道。

眼前已經變得模糊不清，但夸特恩那機械式的聲音還是清晰地在耳際響起。夸特恩的手腕瞬間扯裂綁住我的那圈黑影，接著攙扶頹然曲膝的我，不知何時，它已經完全現身。

——真抱歉，因為要恢復到足以和此人戰鬥的狀態，花了比預料中還要長的時間。

被撕裂的黑影啪答啪答地落到地面，墨水般散開，接著立刻像變形蟲那樣聚集爬動，向佇立在不遠處的因摩陀前進。

我抬頭望著夸特恩。

它不再是那圓滾滾的模樣，從外表上來說也依然存在明顯的差距。夸特恩還尚未完全復元。跟我初次見到它的模樣比起來縮小了一大圈，儘管還是相當魁梧，不過給人的感覺卻失去那具有壓倒性力量的印象，奇豔的金屬色澤也消去大半。

我感到夸特恩從我身上汲取了一些能量。

血液彷彿重新在體內流動，將我身上的寒意驅散。

因摩陀保持距離，動也不動地觀察著夸特恩，同時那些影子的團塊也緩緩爬行，試圖重新聚結成手臂。

「這是你第二次破壞我的手了。」因摩陀沙啞地說。

「你喜歡的話，我可以多弄幾次。」夸特恩震盪空氣，毫不退讓地諷刺他。

「這可就敬謝不敏了。」

因摩陀沒有發動攻勢，也許是在等待手臂恢復。大概就如他自己所說的，比起詹秋彥的肉體，直接對覆蓋影子的部分造成傷害說不定還更有效果。

——我建議暫時先撤退重整態勢，這裡就由我來阻擋，您還是先逃走吧。夸特恩直接對我的意識說話。

我搖搖頭。

「你有打倒他的把握嗎？」

──目前來說不可能。

「也就是說，除了在這裡將他徹底打倒之外，沒有其他辦法了吧？」

──……現在確實是他最虛弱的時候，如果讓他完全侵蝕那具身體的話，或許就沒有任何機會了。

「沒錯吧。」我咬牙說：「如果我在這裡逃走，小明跟其他人又該怎麼辦？」

──以立場來說，我理應聽從您的指示。

「這好像是我們第一次並肩作戰？」

夸特恩默不作聲，只是緊迫地盯著伺機而動的因摩陀，湛藍的流光漣漪擴散開來。

──來了！

夸特恩甫出聲警告，我就看見因摩陀以驚人的速度飛躍，從空中展開突襲。因摩陀的手臂如同長矛般射出，在直線前進下看起來像個慢慢擴大的圓點。

夸特恩猛然將我推開，刺刃擦過我們之間的縫隙，在尚未擊中後方的牆壁之前又抽開來，迅捷得如同蛇信。

下個瞬間，因摩陀已經寂靜地飛落在我面前，他正以難以置信的速度收攏手臂，彷彿具備彈性的橡膠。

「我還記得中國的一句諺語，擒賊……」因摩陀眼中流現光芒，「先擒王。」

因摩陀無視夸特恩的存在，揮動左腕想掐住我的脖子。

我轉身閃過他的襲擊。

夸特恩抓住那扭動的手臂，對他的腹部使出一記猛蹴，將他的身體踢飛的同時揪緊黑影。夸特恩毫不手下留情，將因摩陀扯回身旁，以鋼鐵的手刀向準因摩陀的右肩窩進行突刺。骨頭發出支離破碎的聲音，黑影立刻反向爬在夸特恩的指尖，死亡般纏繞而上。

夸特恩快速抽手，將沾黏在手指上的蟲點甩掉，然而就連夸特恩與黑影接觸的左手掌也遭到侵蝕。

夸特恩旋即鬆開手，回身一記推掌命中因摩陀胸口。因摩陀被強大的衝擊力道擊退，腳底刨蹴地面，滑開好一段距離。

因摩陀依舊無表情地注視著我。

這次他是全心全意地想置我於死地。我從他的眼神中感受到那意欲，彷彿只要在此將我抹殺，眼前就沒有任何能夠阻礙他的事物。

我鼓起勇氣，朝他拔足奔去。

因摩陀微愣了一下，大概是沒料到我會主動展開進攻。夸特恩則沒有表現出任何遲疑，配合我的腳步，在我面前架成一道堅實的盾。

刺刃再度射出，黑影的軌跡繞過夸特恩的軀體，朝我直逼而來。我勉強扭頭躲開，夸特恩也在同時間抓住那道黑暗，如同投擲鍊球般旋轉形成漩渦，將因摩陀拉扯過來。

我順勢跳躍，踢向因摩陀。

足尖陷入詹秋彥身體的瞬間，那柄獵刀再度帶動整條影子向我割來。因為受到夸特恩的牽制，森白的刀刃只是輕輕劃過我的腰際，我感覺皮膚一涼，濕潤的血液立刻從傷口流出。

因摩陀扭出一抹猙獰的笑。

冷冽的殺意排山倒海朝我迎面撲來。

「你們打算在這裡跟我耗上多久？」因摩陀說。

明明受到無數的致命傷，他看起來依然故我，外表簡直毫髮無傷。外表當然是指詹秋彥的身體，畢竟單由那條覆蓋在手臂上的黑影，根本看不出是否有對他造成傷害。

「咯咯咯，落雷之類的招數已經使不出來了嗎？就算你們兩個再怎麼強，身為使者的你也不過是平凡的人類軀體，能持續這樣戰鬥多久呢？就算你的運氣再好，總有被我得手的時候。」因摩陀幽幽地說：「和你們不同，我可以在這裡和你們耗上幾十、幾百天，甚至永無止境地戰鬥下去。如果沒有一擊將我轟成灰燼的手段，可無法奏響這首圓舞曲的休止符吶。」

剛被劃開的傷口很淺，痛覺並不強烈，而是被微熱的麻痺感掩蓋。雖然只是輕輕被掃到身體，數量一多的話也會產生大量的失血，絕對不容輕忽。

……夸特恩的能力似乎也無法兼顧到那地步了。

——他說的沒錯。

——繼續和他耗下去是沒有勝算的。

夸特恩說。

「難道就沒有其他辦法可以對付他了嗎？」我暗中問夸特恩。

——如果能夠將因摩陀與那具身體的連結切斷的話，或許有一拚的機會。不過，目前的我沒有執行的能力。

唔……

即使還有體力繼續搏鬥，疲勞感依然不斷累積。就如同因摩陀所看透的，再繼續戰鬥下去的話局勢會演變成壓倒性的劣勢。對手是能夠無限復生的怪物，漫無目的的攻擊只不過是白白損耗自己的體力而已。

「可惡……」

絕望的寒意被心臟打到四肢末梢，連呼吸都快要被凍結凝固。真的束手無策了。

四面楚歌……不對，這種時候該說是單面楚歌嗎？真該死，這種時候還有心情開無聊的玩笑，真是夠了。

必須冷靜下來才行，如果讓這傢伙繼續挑釁下去的話就真的沒救了。可是，到底該怎麼作才能突破眼前的死局，我實在毫無頭緒。

我嚥下一口唾液。

某種可能性閃入我的腦海中。

要說切斷的話，沒有比那傢伙更適合的人選了。

像是要干擾我的思緒，因摩陀再度展開行動。他的右臂倏地伸長，劃破夜空，手腕前端的刀刃在微弱的月光下隱隱發亮。

在身體做出反應之前，一道突兀的餘音竄進我的耳中。

金屬彼此摩擦所構成的複雜音調，從因摩陀身後飛快接近。

無光的鎖鍊在剎那間綑縛了因摩陀那延長的右腕，如同絞索般陷入那陰影之中。因摩陀抬起頭，急遽收縮的瞳孔中流露出不可思議的神色，看來他還無法理解究竟發生了什麼事。

芥子般的黑點眨眼間爬滿鎖鍊。

劍光驟然由右側往因摩陀脅下斬去。

連同右肩，純粹的黑之刃將那手臂連根斬除。

在肩上盤根錯節的陰影之根平整無瑕地分裂開來，深紅的血濺灑到空氣中。受斬擊的軌跡牽引，鎖鍊將斷臂扯離軀幹，牢牢固定在空中的一點。

詹秋彥彎下腰，肩膀的傷口斷面流出大量黑血，某種膠水般的黏稠物體連結著懸掛在空中的手臂和肩膀傷口，在一瞬間勉強勾住身體。

入來院宗介反握刀柄，順著原來的刀勢再度揮出斬擊。

漆黑的刃如同閃光般落下，毫無阻礙地切斷那拉扯到瀕臨極限的膠狀物質。

宛如一具被割斷提線的懸絲傀儡，詹秋彥的身體旋轉了極小的角度之後，全身立刻失去支撐力，以垂直方式頹然倒下。

天空傳來騷動。

令人不快的噪音響起。

我仰起頭，看見被鎖鍊綑綁住的那隻斷臂正劇烈地掙扎，不管從什麼角度來說都是極為詭異的景象。被活生生切斷的肢體以可怕的速度扭動，和絞住它的鎖鍊彼此糾纏。

接著，那隻手開始分裂成無數的微粒。同時中心變形，尖銳的刺從手臂上凸起，企圖向四面八方展開，與鎖鍊摩擦發出冰冷的金屬聲。

「撫子，收回鎖鍊。」

入來院宗介仍然緊盯著那隻手，頭也不回地說。

話音消失的同時，從陰影中鑽出的粗重鎖鍊也發出高速捲動的聲響，鬆開斷臂，轉眼間便盡數失去蹤影。

詹秋彥的手臂摔在柏油路面上，激起柔軟且濕潤的聲音。

然而，卻依然在活動。

指尖不斷掙扎著刨挖地面，掌中的獵刀熠熠生輝，輪廓卻逐漸融解，周圍的邊線變得軟趴趴的，像是一條巨大的水蛭。

隨著視線向下，詹秋彥軟倒的身體再度映入眼簾。原本應該噴出大量血液的肩膀傷口正不斷擠出石油般的黏液，混雜著米粒大小、在斷面上不停蠕動的黑色蛆蟲，黏液在地面上逐漸擴張出一圈深沉的黑。

隔著一段距離，看不出那些蛆蟲到底是在修補抑或是嚙咬傷口，它們只是隨著血液汩汩流出。掉落在漆黑血泊中的團塊朝著不遠處的斷臂爬扭發進，彷彿要返回母體似的。

我呆呆地瞪著眼前的景象，好不容易才掀動腳底想走近一些，夸特恩卻突然揚起手阻止我繼續前進。

——**等等，先不要靠近那隻手**。夸特恩警告。

夸特恩跨步向前，面對高舉劍刃的入來院宗介踏去。它在斷臂旁停下腳步，然後緩緩蹲了下來，並將寬大的金屬手掌壓向正不停扭動的手臂。

我感受到夸特恩從體內攫取了一些東西，在它胸前發出短暫而眩眼的青光之後，夸特恩猛然將手掌壓進那團軟泥之中。

從詹秋彥體內爬出的黑粒群對夸特恩的舉動產生反應，突然拉出無數狹長的薄影，紛紛連接到手臂線條上，與其化為一體。

黑泥的邊界逐漸變得穩固，不僅重新恢復成手臂的狀態，也停止了掙扎的痙攣。手臂彷佛失去所有力氣，卻仍然緊握獵刀，安靜地蜷曲成防備的姿態。

——我只能暫時抑制細胞的活性化，除此之外，也沒有其他辦法了。

夸特恩的聲音傳入腦海，它起身面對我，在它胸口的那團火焰搖曳閃滅，金屬色彩慢慢褪去，高大的身影逐漸變成透明的灰。

像是猛烈燃燒後的灰燼一般，夸特恩從我眼前消失。

精神鬆懈下來，肌肉疲勞和痛覺立刻一股腦地湧出。即使已經特意鍛鍊過，體力也不像先前那樣能夠輕易恢復，或許是因為夸特恩過度消耗了儲存在我體內的能量也說不定。

我拖著腳步前進，從入來院宗介身旁走過。他一動也不動的盯著我看，就算他在此時對我發動攻擊，我也喪失了反擊的能力，只能任其宰割。不過他並沒有任何動作，只是默不作聲地將視線移向詹秋彥的手臂。

我無視入來院宗介的存在，直接走向倒臥在地上的小明。

渾身疼痛，剛才戰鬥的傷勢彷彿現在才醒過來似的讓我簡直要失去意識。我彎曲膝蓋，勉強才將趴臥在地上的小明翻轉過來。路面在她臉上印著複雜的痕跡，細小的柏油砂礫黏在她的臉頰。我伸手將那些沙子撫下來。

小明微微蹙起眉間，眼瞼顫動。好像只是從安穩的睡夢中甦醒過來一樣，她幽幽地睜開雙眼，目光矇矓地看著我的臉。

「守人……？」

她輕輕轉動眼瞳，確認周圍之後上半身立刻急切地彈起。

「詹、詹大哥他怎麼樣了？」小明臉色蒼白地對我問。

我垂下頭，避開她的凝視，然後轉頭看向倒在後方的詹秋彥。

入來院宗介正蹲在詹秋彥身旁，白皙的手指按在他的頸間，似乎正在確認脈搏。宗介察覺到我正盯著他瞧，轉過來的側臉上露出淡淡的笑意。

將手抽離，入來院宗介俐落起身，轉身面對我的時候，我看見他胸前襯衫染上的一圈紅暈。因摩陀的反擊雖然沒有結實命中，卻也在他胸前刺出了一處傷口。

「他還活著。」宗介說。他的表情夾雜著一絲遺憾。

入來院宗介深刻的殺氣已經消散得一乾二淨，那蒼白的面容上如今掛著溫和的微笑。雖說如此，那雙緋紅的瞳孔依然發出灼灼的懾人氣勢。

紛亂的腳步聲從街道的另一頭踏來。

翁子囷攙扶著看起來狼狽不堪的李彥丞，和另外兩人逐步接近。

入來院撫子臉色慘白，額頭爬滿汗水；而那白人男子則緊緊護在她身邊，正警戒地望著我。

宗介悄然無聲地從我身邊走過，專注地俯瞰小明，然後才輕聲細語地宣告：「今夜就到此為止吧，在下已經累了。」

笑咪咪地說完之後，他對那兩人使了使眼色，便逕自帶著他們離開。

李彥丞怒目瞪著入來院宗介的背影，不過他身上的傷似乎讓他完全動彈不得，連說話的力氣也沒有了。

「趙玄嬰他們馬上就會趕過來了，和醫生一起。」翁子囷虛弱地說。

雖然受到猛烈的撞擊，不過由於穿著騎士衣，她看起來並無大礙。

「……是嗎。」

我再次看著昏死在不遠處的詹秋彥、以及那條瑟縮彎曲的手臂。月光將他們照映得無比清晰，不知何時，周圍的霧已經完全散去。

ch𝄽.

永劫或休止

總結地說，詹秋彥的事件最終以失蹤告結。

雖然警方依然進行著搜查行動，不過現場沒有遺留下任何痕跡。失去右手的詹秋彥被送到劉醫生的診所，雖然大量出血，傷口癒合的速度卻超乎想像的快，再加上劉懷澈的能力，總算是保住了性命。

但是，詹秋彥本人的意識一直沒有醒來。

將他安置在病床上，持續注入營養劑，除此之外也沒有其他的處置手段。

那條斷臂則被小心的收藏起來。

趙玄罌否決了通知他家人的選項，以宵影的立場來說，似乎無法容許像他這樣的人直接回歸社會。

週末結束後的第四日，學校再度恢復上課。於是我和小明照常回到學校，以可悲的慣性回到平素的日子。詹秋韻也到學校來了，但那表情怎麼樣都不尋常。名義上，詹秋彥就這樣人間蒸發了整整五天，但我和小明都知道，他再也不可能回到小韻家裡。

至少現在是這樣。

這一天就這樣落寞地過去。

放學時刻，校門口依然大量聚集著接送的家長們。大量機動車輛集結排放出的廢氣讓我想起那陣揮之不去的霧，然而無論是在霧中還是在那車陣之中，再也見不到詹秋彥的身影。

我等待小明和詹秋韻道別。小韻的父親親自來接她，騎著相同的偉士牌機車，臉上的皺紋有種說不出的悲愁感。

小明朝我走來，眼眶裡噙滿淚水，彷彿即將潰堤。

每當我看見小明眼淚的時候，總是想不出該說些什麼，我拚命思考著能夠適當安慰的話，卻沒有一句感覺能夠派上用場。

在我開口之前，小明便用手背揉去淚水。

「沒事吧？」我問。

「嗯。」她點點頭。「不用擔心。」

趙玄罌和茉妮卡一如往常地正在營業，但是店裡罕見地一個客人也沒有。我們推開門，走進去的時候趙玄罌立刻抬起頭。

「回來啦。」趙玄罌說。瞇起眼睛。

「啊，你們回來得剛剛好耶，來幫我試吃新菜單。」

茉妮卡從廚房探出頭，要我們等她一下，門隙裡飄出甜甜的蒸騰香氣。茉妮卡縮回廚房，不久之後從裡面端著兩個盤子出來。她小心地將盤子擺在桌上。純白的瓷盤上面各自放著兩片法國土司。

用平底鍋熱過橄欖油和奶油，小火慢煎，蛋汁被烤成引人食慾的金黃色。茉妮卡在土司上灑了一層細緻的糖霜。味道很香，我卻無法湧出一點食慾。

小明拿起刀叉，切下一塊放進嘴裡。

「——很好吃。」

她邊嚼著土司，邊看著茉妮卡驚呼。刀叉沒有停下，繼續切著法國土司。吞下嘴裡土司之後馬上又將切好的部分塞進嘴裡。

「嘿嘿，試了很多次才總算成功呢。」茉妮卡笑嘻嘻地說。

「真的那麼好吃嗎？」我問。小明用力地點點頭。

「約定的時間也快到了，還是稍微吃點東西吧。」

趙玄罂看我沒有動手，提醒似的說。

說的也是。

而且香氣聞起來確實不錯。於是我拿起手邊的刀叉，切了一小片嚐嚐看。

喔喔……

剛含入口中就好像融化一樣。厚片土司內部吸滿了蛋汁，味道簡直就像煎蛋捲一樣豐厚，但又保留著蛋糕般的蓬鬆柔軟，糖霜則增添了甜味。的確非常好吃，以茉妮卡的手藝來說簡直是神乎其技。

雖然沒有食慾，不過憑著那滋味我還是全部吃完了。

「怎麼樣？」

茉妮卡一臉期待地看著我。

「有進步。」

「哇咿——！」茉妮卡高聲歡呼，好像中了樂透頭彩那樣興奮。不過我想她對樂透應該沒什麼感覺。

她端起空空如也的盤子，正準備拿回廚房的時候，正門的待客鈴響了。

入來院宗介踏進玄關。

他穿著初次見面時的那套和服，將蒼白的肌膚掩蓋起來。那股懾人的殺氣不復存在，恢復成彬彬有禮的貴族模樣。

「各位，打擾了。」

「宗介……！你不是說要回去日本了嗎？」茱妮卡杏眼圓睜，驚訝得差點把盤子摔在地上。

「你來做什麼？」小明突然語氣激烈地說。

「在下只是想在回家之前，見雪菲爾小姐最後一面而已。馬上就會離開。」他朝趙玄罌頷首致意。

趙玄罌一句話也沒說，只是尷尬地抿嘴笑了笑。

「找我還有什麼事嗎？」

茱妮卡一臉嬌憨地問。

「不，只是再來確認一次您的心意而已，您真的不打算和在下一起走嗎？」

「對啊。」

茱妮卡果斷地說。

宗介露出一抹乖僻的笑。

「真是遺憾。那麼，在下告辭了。」

「等一下。」我說。

「有什麼事嗎？」入來院宗介朝我一瞥。

我捏住椅背，正想開口質問他，卻被茱妮卡搶先打斷。

「你想吃法國土司嗎？我親手做的。」

「……雖然在下很想品嚐您的手藝，但還是不了。告辭。」

入來院宗介頭也不回地離開。

刺殺手事件落幕之後，趙玄嚳立刻將情報傳達給宵影的高層。和之前不同的是，關於此次事件，宵影似乎對那條被因摩陀侵蝕佔據的手臂有非常大的興趣。

據說高層打算直接前來會面，同時回收那隻手臂。

大約半個小時之後，約定的時間終於到了。

門口的鈴聲響起。

那人穿著一套裁切極為貼身的西裝，深沉的午夜藍只在光線折射之處透出若有似無的色彩。緊扣的單排釦束出腰身的線條。略長的頭髮散亂地分布在脖子周圍。黑色的寬邊帽緣下，有如剃刀般的目光快速在室內掃視。

兩掌在身體中心交撫，來者壓細眼瞼，柔和地微笑。

「晚安。」

「你好，慈齋先生，請坐吧。」趙玄嚳點了點頭，對他說。

他微微躬身，脫下帽子，用高雅的步伐走到我身旁坐下，然後目光掃過我的臉，最後到達小明身上。

「你要吃法國土司嗎？」茉妮卡說。

「謝謝，不用麻煩了。」

「好吧。」茉妮卡嘟起嘴，有點洩氣地逕自回到廚房。

「這次的事件，真的很謝謝你的協助。」趙玄嚳說。

「別這麼說，只不過是舉手之勞罷了。」沈慈齋揮揮手，然後再次轉過來看著我。

「首先，就自我介紹一下吧。我叫沈慈齋，是宵影的高級幹部。簡單說呢，也就是玄罌的上司。」他用雌雄莫辨的嗓音說。

「上司……嗎？」我說。

「是的。」

我偷偷瞄向趙玄罌，可是他只是對我眨了眨眼，什麼也沒表示。

「你找我們有什麼事？」我說。

「稍微換個地方吧。有位女士很想見你們兩位一面，可惜她身體欠安，所以只好麻煩你們跟我一起去拜訪她了。這樣沒關係吧，玄罌？」

「我想應該沒問題。」趙玄罌說。

「那就請你們兩位跟我來吧，王守人，還有季褅明。」

小明有些遲疑，目光在我和趙玄罌之間流轉。

「別擔心。別人我可能不敢保證，不過待在慈齋身旁是很安全的。」趙玄罌肯定地說。

「雪菲爾小姐，還有那兩個人的事，就麻煩你了。」

「我知道。」趙玄罌點點頭。

沈慈齋離開座位，戴好帽子，仔細地調整角度。然後朝我們伸出手。

雖然搞不清楚他的意圖，不過我和小明還是一起坐上沈慈齋的車。是相當舒適的進口黑頭車。我和小明一起坐在後座，看著他慢條斯理地繫上安全帶。

「地點在市中心的飯店，有一小段距離噢。」他說。

發動引擎之後，沈慈齋推進一張ＣＤ，於是古典音樂立刻以細水般微弱的音量播送。

「我可以請教一個問題嗎？」小明說。

「請說。」

「秋彥大哥他……會怎麼樣？」

「噢……那個男人啊。」沈慈齋頓了半晌。「宵影會徹底地安置他，在一個絕對沒有人會發現的地方。這點我還有自信。」

「安置？」

「嗯，徹底的。」

「你很擅長處理這樣的事情嗎？」我問。

他透過後照鏡瞄了我一眼。

「要說擅不擅長的話，算是擅長。不過我可不是專門業者喔，只不過是在能力上剛好處理起來比較容易罷了。放心，連ＦＢＩ都找不到的。」

「ＦＢＩ？」

「嗯，就是那個啊，美國聯邦調查局。」他開玩笑似的語氣說。

「我知道。」

「事情能夠順利解決，不是很美妙嗎？」

「……解決？」

「宵影的工作之一，就是對付像詹秋彥那樣失控的人啊。」

「那麼，宵影都是怎麼處理的？」

「嗯……舉例來說吧。」他在紅燈前踩下剎車，車子滑順地停止。「你還記得那個炸彈狂？其實他沒死，因為他是被那『藥』所影響，所以宵影不會懲罰他，只是要他好好彌補自己犯下的過錯。」

「所以秋彥哥也會和他一樣？」小明問。

「他嘛……有點不一樣。」

「哪裡不一樣？」

燈號轉綠，他讓車子慢慢起步。

「那把刀是有問題。不過對詹秋彥來說，也不過是和翻鬆泥土的鋤頭差不多程度的影響罷了，當他心裡那股扭曲的惡意開始萌芽的時候就已經來不及了。要徹底把根除盡，入來院宗介也是看出這點才打算殺掉他的。」

他輕鬆地扭轉方向盤，將路線移到主要幹道。

「你很好奇嗎？」沈慈齋突然問。「關於我的能力。」

「……嗯。」

「你們很快就會知道了，很快。」

「要見我們的，到底是怎麼樣的人？」小明說。

「嗯……我不太擅長描述別人的長相呢。」

沈慈齋苦惱地笑了笑。

「我的意思並不是指長相。」她搖搖頭。

「不是指長相啊……該怎麼說呢？」

「她也是宵影的幹部嗎？」

「不是。」沈慈齋十分認真的說。「和她比起來，宵影的幹部只不過是可有可無的存在罷了。她是宵影的創立者。」

創立者？

我和小明互相交會視線。有種莫名的緊張感從什麼地方滲出來，像冰冷的海潮一樣吞沒之後浸泡下去。

「為什麼……那麼偉大的人要找我們呢？」小明問道。

「你們很快就會知道了。」他又重複一次相同的對白。「很快。」

之後他不再交談，只讓古典音樂的弱音悠揚地在車內奏響。我們最後在市區內一間富麗堂皇的大型飯店前停下。他請我們下車之後自己也走下車，將鑰匙交給旁邊的服務員，陪著我們一起走進飯店內。裡面的裝潢足以讓人停止呼吸，地毯像草皮一樣柔軟，讓我渾身都覺得不自在起來。

他直接帶我們走向電梯，快速按下樓層按鈕之後，電梯立刻到達指定的樓層。

「請往這邊。」

他揮出手掌，讓我們走在前面，然後才慢慢跟了上來。

沈慈齋敲敲走廊盡頭的門，等到裡面傳來應聲，才打開門領著我們走進去。

室內的光線是夕暮映成的靛藍。那藍色把所有東西染遍之後，留下強烈的陰影，簡直就像沈慈齋身上西裝的反面似的。

一名女性正坐在精緻的木製圓桌旁，專心地抽開桌面中央那只花瓶內的鮮花。她的頭髮褪成美麗的灰色，但年紀看起來一點也不老。她坐在輪椅上，用手指一一順著花朵的枝條。

「不好意思，請稍微給我一點時間。」她柔柔地說。

「好的。」

沈慈齋帶我們走到一張華麗古典的沙發坐下。在這段期間，那女子安靜無聲地用一把剪刀修剪著從花瓶內抽出來的花朵。用眼睛仔細檢查，各自分類之後裁去多餘的枝葉，計算比例和色彩。然後她再度將那些花朵放回花瓶中。

完成的插花簡直就像藝術品。

雖然沒見過那花束原本的樣子，不過我想那應該不是普通飯店能夠模仿出來的等級，就算是專業人士，也未必能夠擺出那樣嬌豔的花的姿態。

她轉了轉花瓶，從各個角度審視過後，滿意地將花瓶放回桌子中心。

「感謝你，慈齋先生。抱歉，讓大家久等了。」

灰髮女子驅動輪椅。

輪椅發出嗡嗡的動力聲，像蟲子一樣，慢慢推進到我們面前。

夕日餘暉在她的面容上映出了一些歲月的痕跡，然而那輪廓周圍就像浮著一圈柔和的光暈般。她的瞳孔和眉毛也是那樣褪色的灰，熊熊燃燒過後的顏色。她穿著樣式樸素的服飾，腿上蓋著一條毯子。

「初次見面，」她用自己細瘦的手掌按住襟口，說話音量不大卻足以讓所有人聽見。「我叫莉瑟爾・賽希爾。關於你們兩位的事情，我都已經聽說了，所以請讓我自我介紹就好。」

「……您好。」

我和小明異口同聲地說。

「你們應該很好奇，我找你們究竟有什麼事情對嗎？」

「嗯，請問到底是……」

「我聽說你們前些日子，曾經跟我在尋找的人交手。」

「您在尋找的人？」小明說。

「是的，」她深呼吸。「因摩陀。是這個名字對嗎？」

我身體僵直，腦中一片空白。完全沒想到會在這個場合再次聽見這個名字。

「呵呵，他以前不是叫這個名字。我和他相識的時候，他使用的名字是沃爾特‧梅隆。」

「您和他相識的時候？」我盡量穩定情緒。

「大約是……五十年前左右。」

「五十年前？」不是五年前嗎？

「可是……呃、您看起來實在不像那麼老的人啊。」

「沒錯，確實是五十年前。當時的我和他發生了一些事情。簡單的說法，那時候的我愛上了他，曾經和他生活過一段日子。」

「不好意思……可是您看起來真的不像……」

「簡單的說……」莉瑟爾‧賽希爾突然動手解開衣襟的鈕釦。

我嚇了一跳，不知道該將視線移到何處。小明卻只是愣愣地凝視著她，完全沒有移開目光。

「我早就應該死了。」

她輕輕掀開領口，白皙的鎖骨在那布料內突起，然後手指繼續向下。在胸脯邊緣露出來的時候，我看見一個異物突兀地埋在她的胸口。

「我是靠著這個東西，才能一直活到今天。」

那機械構造的異物正在運轉，擴散著微弱的藍色光暈，像是精密的手錶核心那樣滴答滴答地跳動著。

「那是……！」小明瞪大雙眼驚呼。

「和妳一樣，季禘明小姐。」她手指輕輕觸摸金屬核心，直視小明的目光說。「我也曾經被那個人，在身上開啟過『洞』。我也是附身型的使者。」

氣氛瞬間隨著薄暮的光線變得黯淡。

她淺灰的瞳孔中映著微弱的光，幽幽地注視著我們。

「有問題嗎？」她說。

「那……您胸口的東西是……」

我吞嚥一口唾液，有種奇怪的預感在我的腦海內閃現。我屏住氣息，等待她的回答，可是心臟卻不受控制地猛然鼓動。

「可以請夸特恩現身嗎？王守人。」沈慈齋突然插嘴。「那樣的話，我想解釋起來會快速一點。」

「你們……連夸特恩的事情也知道嗎？」

「是的。因為它是非常重要的存在。」莉瑟爾說。「鑲在我胸口的這個『芯』，原本就是屬於它的東西。」

「……」

「沒辦法理解的話也沒關係，可以請你先讓它現身嗎？」

「可是……」我全然不知所措，姑且不論聽不聽得懂，最嚴重的問題是，自從那天晚上之後，不要說現身，它甚至連一句話、連一點聲音都沒有發出來過。

「怎麼了嗎？」

莉瑟爾溫柔地問。

「它已經有一段時間沒出現了，我也不知道該怎麼把它叫出來。」

莉瑟爾理解地點點頭，然後突然從輪椅上站起來。她一手挽著毛毯，邊朝我坐的沙發靠過來，接著對我伸出手。

「手借我。」

她有些強硬地握住我的手，閉起眼睛。她的手異常冰冷。就像真的如她所說，自己早已死去那樣的溫度。

莉瑟爾胸口的核開始發光。

藍光掩蓋過窗戶外天空邊緣殘留的顏色，那光彷彿具有生命，透過她的手引渡到我的身上。我呆滯地看著那一切。某種東西鑽進我的身體，沿著血絡流入胸口。

我腳下的陰影像黑洞那樣擴張。

闇影猶如海嘯那樣湧起。

金屬巨人周身閃耀眩目的光，霎時間將整個空間照亮。夸特恩又一次出現在我面前，以完整的姿態甦醒，彷彿燃燒著空氣，點燃前所未有的藍焰。

騎士盔甲般的頭部中央，熾烈的光球彷彿眼瞳似的，在暴漲與收縮之間輪迴。

夸特恩的擬似眼固定在某個角度。然而那方向並不是看著我，而是聚焦在我身旁的女性身上。

莉瑟爾・賽希爾。

為了看清夸特恩的身影，她微微瞇起雙眼，逆著刺眼的光凝望夸特恩。沈慈齋拉低帽簷。

「好久不見，夸特恩。」

「——賽希爾女士？」

夸特恩的聲音依然有如機械，純粹而無機質的音色就這樣直接鼓動耳膜。

「雖然有些遲，不過我終於等到你了。」

奇妙的感動渲染了我的靈魂，彷彿夸特恩的思考與我緊緊貼合，產生共感。

「您為何會在這裡？我所在的時間軸距離那時應該已經很久了。」

「看來，關於那段記憶的部分被強制抹去了啊。」賽希爾小姐腳步似乎有點無力，但她還是獨自回到輪椅上。她操縱電子撥桿，讓輪椅迴旋到夸特恩的方向。

「夸特恩……你和賽希爾小姐認識？」我問。

「是的——」連夸特恩自己也扭了扭頭，雖然沒有表情變化，不過那聲音中顯然混雜著疑惑。

「由我來解釋吧。」賽希爾小姐說。

「那是個有點久遠的故事，需要花一點時間說明。剛才已經說過，我也和季禘明小姐一樣，胸口被開啟了『洞』。關於這個『洞』的事情，想必你已經親眼見過了。」她對我說。

我點點頭。

曾經開啟在徹底獸化的小明身上，深不見底的黑暗洞穴，直到現在還能夠清晰地在腦海中回憶。

「五十年前，沃爾特他——還是用因摩陀這個名字吧——他在我的身上打開了一樣的

『洞』。那是藉由附身型使者的特質，配合他自身的能力強行開啟的，不應該出現在現世的異常現象。簡單的說，他入侵了肉體與影子完全重疊的空間，並將那空間擴張到另一個維度，也就是我們所在的世界。一旦那空間完成反轉，原本屬於人類科學所無法觀測的物質就會大量釋放出來，改變我們所認知的物理法則。

他試著在我身上開啟『洞』，卻因為某種原因失敗了。然而所產生的能量變動卻吸引了許多使者前來，於是因摩陀逃走了。當其他人發現我的時候，我已經接近死亡邊緣。為了封閉我身上這個不完全的『洞』，夸特恩的前任使者取下了夸特恩的『芯』。」

她指向夸特恩的胸口，那個空缺般的凹陷，以及周圍幾乎靜止的無數齒輪。

「理論上，我的軀體早就已經死去了，連心臟的跳動都停止。現在維持我的活動的便是夸特恩的『芯』。」

「您要將『芯』還給夸特恩嗎？」我說。

「是，也不是。」她苦澀地微笑。「在還給夸特恩之前，我還有必須完成的工作，而那工作需要借助你和夸特恩的力量。」

「那是什麼樣的工作呢？」

「永久埋葬因摩陀。」

她冷澈地說，目光讓人不寒而慄。

「當然，並不是靠你一個人的力量。這位沈慈齋先生的能力和你的力量都是關鍵。我還沒有查明為什麼因摩陀會離開美洲到這個地方來，不過，他的追隨者正在重新集結，等待他的再次復活。當那一天到來，想必他會再次發動襲擊。而目標……」

莉瑟爾的目光移向小明。

「將會是妳，季締明。」她對小明說。

小明表情僵硬地看著她，手心在膝蓋上揪緊。

「因此，我來是為了徹底做個了結。」

聽見莉瑟爾的話語，沈慈齋寬大的手掌一翻，一顆漆黑的、大約普通魔術方塊大小的立方體就像變戲法般出現在掌中。他扭轉著立方體，就好像那真的是個魔術方塊似的，從中捻出一粒方糖大小的塊體。

沈慈齋將那方塊安放在桌面上，陰影立刻向紙片一般展開擴大。一個狹長的金屬匣子從那之中浮現，表面泛著冷冷的銀色光芒，而且不只是視覺，就連溫度彷彿也下降了好幾度似的，匣子透出驚人的寒氣。

解開鎖頭，沈慈齋徹掉掀蓋，露出收容在匣子內的東西。

匣蓋張開，沉重而冰冷的白色氣體也在同時間飄盪出來。

盒中裝容著詹秋彥的手臂。

周圍覆蓋著大量乾冰，接觸室溫之後馬上轉換成氣態的二氧化碳，輕飄飄地流瀉到地面上。

那手臂依然緊握短刀，被截斷的切口長出猶如菌絲般新生的細根。

「雖然肉眼看不出來他的活動，但是這條手臂還活著。」莉瑟爾說：「因摩陀還存活在裡面，不，應該說他就是這隻手。就算徹底冷凍起來也無法阻止他的細胞增生，如果放任不管的話，假以時日，他將會完全復甦。」

「這……」

「所以，我要請你和夸特恩徹底封死他的細胞活動，將一切復活的可能性完全抹消，如此一來，即使是因摩陀也無法繼續再生。」

「夸特恩……你能做到嗎？」

我抬起頭，望著夸特恩巨大的身影。

「短時間的話沒有問題，但是……」夸特恩短暫地遲疑，「就算是我，也沒有辦法做到永久停止他的再生。」

「就算取回『芯』，你也做不到嗎？」

「『芯』只能保證我的活動而已。追根究柢，我的力量還是根源自於使者本身，我只不過是類似轉換器的存在罷了。」夸特恩說。

「那可就難辦了啊。」沈慈齋歪了歪頭。

「不過……慈齋先生的能力不就足以封印住因摩陀了嗎？那是空間操縱型的能力對吧？」小明問道。

「嗯……妳說的沒錯，我確實是能夠將他關在裡面。但是那僅止於封印當時的型態而已，一旦他在我的『魔方』裡恢復成原來的模樣，我也不知道會發生什麼事。如果能夠讓因摩陀就這樣保持手臂的萎縮姿態的話，那就沒有任何問題。不過這麼看來……或許是做不到了。」

沉默降臨。我和小明面面相覷，不知道應該採取什麼樣的行動。

就如同因摩陀宣稱的，他可以永無止境地和我們耗下去。

可怕的重壓幾乎伴隨著化成氣態的乾冰宣洩而出，我凝視著那條斷臂，它沉靜地躺在銀色的匣子中，但是看起來卻像是隨時都會開始活動似的。

「有一個方法。」夸特恩打破沉默。

莉瑟爾揚起目光，一言不發地等待夸特恩的答案。

「——將我，連同因摩陀一起封入亞空間中。這樣一來，我就能夠持續壓制他的活動，雖然不是永久性的，但這是目前最好的方法了。」

「原來如此。不過被封入亞空間中的話，你還能夠持續使用能力嗎？」沈慈齋問道。

「只要存在的位置夠近，我想是沒有問題的。」

「等……等等，你到底在說什麼啊？夸特恩！」我疑惑地叫出來。

夸特恩沒有回答我的問題，那隻存在於頭部裝甲之下的藍眼閃爍著，沒有產生一絲動搖。

「或許這是我的宿命吧。」夸特恩說。

「希望你能諒解，王守人。」莉瑟爾對我說：「無論要付出什麼樣的犧牲，我都認為必須在此封住因摩陀的殘片，絕對不能夠讓他再次復活了。就算只是讓他維持在目前的狀態也無所謂，總有一天能夠找出殺死他的方法，我會窮盡畢生之力找出那方法，直到能夠結束這永劫的輪迴為止。」

「可是……」

我看著夸特恩，它維持著一貫的無表情，完全沒有說服我的打算。

或許我是在賭氣也說不定，雖然與夸特恩相處的時間不長，我依然覺得它是具有自我意識、活生生的存在。

我沒有身為使役者的自覺，夸特恩的抉擇也是正確的。

然而，我卻不想讓夸特恩永遠待在那黑暗的方塊裡面。

「……隨便你們。」我捏緊拳頭，咬牙說道。

「那麼，現在就開始吧，慈齋。」莉瑟爾以不容置喙的語氣說。

「我明白了。」

沈慈齋起身，手掌在胸口交疊，錯位展開之後黑色的方塊立刻從虛空的中心湧現。

「麻煩你拿著匣子，夸特恩。」他指著那裝著手臂的鐵匣，同時手指從那黑色方塊中抽出一粒方糖大小的塊體。

夸特恩伸出手，毫不費力地抓起桌上的鐵匣，將它扼入懷中。

「夸特恩……」

——希望有一天還能再和你見面啊，我的主人。

夸特恩的聲音傳入意識，漆黑的六面體也拓展開來，方形平面從四面八方包圍夸特恩，逐漸放大到足以收容周圍空間的大小。簡直如同牢籠一般，邊界緩緩收攏，將色彩的間隙縫合起來。

空氣向四周高速排動。

眨眼間，夸特恩的所在位置已被龐大而毫無立體感的黑色方塊佔據。

沈慈齋撫闔手心，方塊體積也隨之縮小，將其中的空間完美地壓縮。

最後，沈慈齋伸出手，捏住那飄浮在空氣中，如同黑曜石晶體般的微小塊體。

沈慈齋小心翼翼地將那綻放光澤的晶體納入掌心之後，轉過身，將它呈在我眼前。莉瑟爾胸前的靛藍光輝驟然黯淡，彷彿呼應著夸特恩的消失，那股震顫和共鳴也隨之停止。

莉瑟爾迴轉輪椅，將身體正面重新向著我。

我猶疑地伸出手，從沈慈齋手中接過黛色的結晶。它吸收手心的溫度，緩慢而確實地變得接近體溫。

「那是我將能力具現化的實體，除非受到破壞，否則就算我死了也不會消滅。」沈慈齋說。

「希望你能夠好好保管它，王守人。」莉瑟爾的語調聽起來異常疲累而哀傷，她在瞬間枯朽了。她的容貌並沒有任何變化，但從身上散發出來的氛圍，卻猶如長久的嘆息尾韻一般失去了活力。

之後，沈慈齋再度開車送我們回到月樓。

離去之前，他靠在拉下的車窗邊，若有所思地望了我一眼，似乎想和我說些什麼。不過最後他只是和我和小明說了聲再見，然後便踩下油門。

「欸——所以現在夸特恩就被收在這裡面嗎？」

聽完我的敘述之後，茱妮卡捏起那寶石般的方塊，對著光源仰頭審視，一對翠綠的眼珠在燈光下閃閃發亮。

「嗯。」

「是噢……」茱妮卡有點遺憾地將結晶遞還給我。「感覺很孤單呢。」

「你自己的能力也消失了嗎？」趙玄罌問道。

「沒有。」我搖搖頭。

我清楚感受到體內的那些能量依然存在，並沒有因為夸特恩被封印住而消失或有任何減弱。

「所以守人你已經不能再變動概率囉？」茉妮卡說。

「那原本就是夸特恩的能力，我只是供應它所需的能量而已。」

「呣……」

茉妮卡若有所思地用食指戳按自己的臉頰。

「至少，你以後再也不能用這招作弊了。」茉妮卡突然說。

「妳一定要現在提這件事嗎？」

「對不起嘛，我只是開個小玩笑。」

「你們兩個也別老是繃著一張臉，如果照莉瑟爾小姐所說，說不定還是有辦法可以解放夸特恩。」趙玄罌說。

「我相信莉瑟爾小姐。」小明說：「雖然她自己也不知道能找出什麼答案，不過，我相信她總有一天會找到結果的。」

「欸，轉換一下氣氛。」茉妮卡靈光一閃地敲了敲自己的手掌，「讓梅杜莎來計算一下小明和守人的未來，不就可以知道會發生什麼事了嗎。」

「等等……不要做這種事啦！」小明的臉突然脹紅。

梅杜莎陰森森地從我背後飄出來。

「嘖，妳是算命仙啊？」

茉妮卡不理會我的嘲諷，自顧自地和梅杜莎裝模作樣交頭接耳，偶爾還煞有其事地點了點頭，搞得好像真能算出什麼東西似的。

結束之後，茉妮卡喜孜孜地露出不懷好意的賊笑。

「啊啊——真是不錯呀。」

不知為何，茉妮卡發出憧憬的讚嘆。

「喂，妳到底看到什麼鬼東西了。」

「這是祕、密！」

「快說啦！」

「天～機不可洩漏。」

「妳真的自以為是算命仙啊！」

「你們長大就會知道了啦。」

「嘖，不跟妳瞎扯，我該回家了。」我按著椅子站起來，有點惱火地走到門口。為了打開門，我微微轉身，看見小明站在我身後。

「守人，再見噢。」她輕輕地說，對我露出微笑。

「嗯，」我說：「明天見。」

茉妮卡和趙玄嚣也對我揮手，我點點頭當作回應他們之後，跨出月樓的玄關。

夜空清澈得叫人窒息，我抬起頭，仰望繁星的同時緊握收在口袋中的黑色結晶。我邁開步伐，朝家裡的方向直奔而去。

——影子戰爭　全文完

後記

大家好，好久不見，我是墨筆烏司。
在正式的後記開始之前，請容我先稍微講述一首小插曲。
第三集出版之後，我收到來自大學社團Y學姐的訊息。雖然並非很熟識，不過自從Y學姐知道我的小說出版之後便很熱心地支持捧場，我相當感謝。
但是她從來沒給我什麼意見或讀後感。
而這封訊息的內容就是她打算讓我請她喝杯咖啡，因為她有相當重要的事情要告訴我。
無可奈何，我還是赴約了。我們約在市區一家裝潢相當細緻溫暖的咖啡店，因為好久沒見面，說實在話我有點兒緊張。一想到學姐Y會不會突然跟我告白我就忐忑起來，諸如此類的無謂妄想在我腦海中盤桓不去。
到了約定的咖啡店，我走上二樓，看見學姐獨自坐在窗邊的位置。
我在她對面坐下，這才發現她正在翻閱我的小說。
學姐Y頭抬也不抬，只是一頁一頁掃視過去，甚至連打招呼都沒有。我只好尷尬地向店員點了飲料，順便喝口白開水等她開口說話。
直到我的飲料送上，她才嘆息似地闔上書，幽幽地開口說道：
「你知道你犯了什麼錯嗎。」
「啊？」
學姐把書的封面正對我，指著上頭的夸特恩問：「這是什麼東西？」
「嗯……？夸特恩啊。」
「為什麼會是一副機器人的模樣？」

「呃？」

「嘖嘖，所以我說你根本不懂！都要出版畫成插畫了，硬改也要把它改成機娘啊！畫成一坨鐵甲武士是能吃嗎？畫成有機關齒輪的美少女有什麼不好！主角打開前胸的殼幫她旋緊發條的畫面不是很好嗎！啊？」說完話後她啜了口咖啡。

此番話語猶如五雷轟頂醍醐灌頂讓我茅塞頓開久久不能自已，直到學姐喝完咖啡留下一屁股帳單離開我都沒能回過神來。就這樣，我陷入悔恨和惆悵刨挖的深淵之中，一直無法振作精神寫作。

以上就是完結篇拖稿拖了大半年的主要原因——

好的好的，總而言之，《影子戰爭》這部作品就暫時告一段落了。雖然還有許多人物和構思還沒能發揮出來，但筆下的群像能走出這段距離已經是我前所未有的經驗。承蒙責編阡陌和三日月編輯部這段時間的照顧，還有繪製插畫的阿特，以及讀到這邊的各位讀者們，有什麼意見的話可以到 http://www.plurk.com/saviorex 來交流，我們有機會再見面囉。謝謝大家。

墨筆烏司

世代
D057
人死之後留魂，當一抹亡魂對人世間仍存著極深的羈絆，
忘記輪迴的亡魂將變成惡靈，消滅並引渡這些墮落的惡靈，
就是引渡人的工作——
當輕浮的前執牌引渡人白優聿，
遇上了脾氣高傲的見習生望月，
這不合拍的雙人組被強制組成了新的搭檔！
此時，引渡人總部卻遭受不明的攻擊，眾人想起當年的預言：
——持有雙十字聖痕的人終將以背叛光明者的身分甦醒……
在不斷來襲的敵人之前，
關係惡劣的兩人，是否能互信互助，
聯手禦敵為引渡人得來最終的勝利?!
最惡拍檔
全五冊
秋十著
流翼繪
三日月書版

特偵
-ten-
全六冊
不管多兇惡的鬼，
剛開始也都是人殺的……
特偵組裡有一個神祕的第十隊，
他們專辦「非人」的案件……
失去一切的蘇雨，捨棄天師的身分投身警界效力，
能力超群，卻逃避的不願去面對一切有關「非人」的事件，
陰錯陽差之下他受命接下偵十隊的擔子，
帶領一群成事不足的小菜鳥天師辦案，
也讓他的命運再度與數年前的慘案繫上。
已逝者喚不回，人類藐視鬼神的所犯下的災厄卻還沒停止，
在重重的謎團之下，還未成熟的十隊該怎麼面對前所未有的難題？
蒔舞 著
KituneN 繪

輕世代
FW048
歲時卷之
陰陽關東煮
上
在這間小小不起眼的日式食堂裡，有個「非人」才知道的祕密。
平日以美味關東煮征服客人味蕾的俞平，
接下陰間任務後，轉身一變成爲人間陰差，
在貓咪監督使冬末監察之下，爲亡者傳遞最後一縷執念。
每個人心中都留存一個懸而待解的執念，
是不是吃下他手中這碗暖呼呼的關東煮，
他們都能毫無牽掛的踏向黃泉歸途？
逢時 著 Sawana 繪
PTT Marvel版人氣作家 逢時 獻上讀者推爆作品第一彈！
一段段貫穿三界的悲歡離合即將上演！

輕世代
FW036

御宅魔法師 LV.1

凡路過必雜魚退散、直接進入頭目戰！
永恆的LV.1悲摧魔法師物語

有史以來停留在初階最久的魔法師——貝魯，
爲了討生活，還有守護雙親留下的破舊魔法店，
被雙胞胎哥哥將他這個初心魔法師往一線戰場扔過去！
就算是擁有**「任務用吸引頭目級魔物的特殊體質」**
也不該這樣兄弟相殘啊！

看著兔耳槍手不屑的目光，
女戰士隊長眼閃爍的金幣型雙眼……
外加沒良心的踹弟引怪的親哥……

可惡!!我才不要當誘敵吉祥物啦啦啦——(用力吶

兔子
鬱硝

高寶書版集團
gobooks.com.tw

輕世代 FW077
影子戰爭04 end

作　者　墨筆烏司
繪　者　阿特
編　輯　許佳文
校　對　林紓平、江佳芳
美術編輯　陸聖欣
排　版　彭立瑋
出　版　英屬維京群島商高寶國際有限公司臺灣分公司
Global Group Holdings, Ltd.
地　址　臺北市內湖區洲子街88號3樓
網　址　gobooks.com.tw
電　話　(02) 27992788
電　郵　readers@gobooks.com.tw（讀者服務部）
pr@gobooks.com.tw（公關諮詢部）
傳　真　出版部　(02) 27990909　行銷部 (02) 27993088
郵政劃撥　19394552
戶　名　英屬維京群島商高寶國際有限公司臺灣分公司
發　行　希代多媒體書版股份有限公司/Printed in Taiwan
初版日期　2014年4月

國家圖書館出版品預行編目(CIP)資料

影子戰爭 / 墨筆烏司著. -- 初版.
-- 臺北市 : 高寶國際, 2014.03-
冊； 公分. -- (輕世代 ; FW077)

ISBN 978-986-185-991-0(第4冊 : 平裝)

857.7　　102000132

三日月